·国际安徒生奖儿童小说·

旷野迷踪

〔英〕大卫·阿尔蒙德 著

林静华 译

人民文学出版社

著作权合同登记:图字 01-2015-7614 号

图书在版编目(CIP)数据

旷野迷踪/(英)阿尔蒙德著;林静华译.
—北京:人民文学出版社,2015
(国际安徒生奖儿童小说)
ISBN 978-7-02-011224-1

Ⅰ.①旷… Ⅱ.①阿… ②林… Ⅲ.①儿童文学
-中篇小说-英国-现代 Ⅳ.①I561.84

中国版本图书馆 CIP 数据核字(2015)第 271237 号

KIT'S WILDERNESS
Copyright © David Almond,1999
This edition arranged with Felicity Bryan Associates Ltd.
through Andrew Nurnberg Associates International Limited.

责任编辑:朱卫净 尚 飞
装帧设计:李 佳

旷野迷踪
〔英〕大卫·阿尔蒙德 著 林静华 译

出版发行	人民文学出版社
社　　址	北京市朝内大街 166 号
邮政编码	100705
网　　址	http://www.rw-cn.com
印　　刷	山东德州新华印务有限责任公司
开　　本	890mm×1240mm　1/32
印　　张	9
字　　数	122 千字
版　　次	2016 年 4 月第 1 版
印　　次	2016 年 4 月第 1 次印刷
书　　号	978-7-02-011224-1
定　　价	32.00 元

版权专有,侵权必究。如有图书质量问题,请与出版社联系调换。

目 录

第一部　秋　天　　　　　　　　　　　　　　1

"这次轮到谁死？"艾斯丘轻声说，他把明晃晃的刀举到我面前。

"你愿意放弃生命？你真的想死？"

"我愿意放弃生命。我真的想死。"

他合上我的眼睛。"这就是死亡。"他说。接下来我什么都不知道了。

第二部　冬　天　　　　　　　　　　　　　91

黑暗的洞中，我们侧耳细听，同时听到那些孩子，在树枝的噼啪声和烤兔肉的哧哧声中低语。

我们抬起眼睛，看见他们在烟雾中若隐若现，可怜的孩子从往昔窥视着我们，其中包括银孩儿。

第三部 春　天

我们回来了。他们以为我们失踪了，他们以为我们死了，可是他们错了。

谁能想到我们还会再回来呢？曾有那么一刻，似乎在我们的生命中黑暗永远不会结束，不可能再有光明，而一切只缘于在秋天玩的一个游戏。

第一部
秋　天

"这次轮到谁死？"艾斯丘轻声说，他把明晃晃的刀举到我面前。

"你愿意放弃生命？你真的想死？"

"我愿意放弃生命。我真的想死。"

他合上我的眼睛。"这就是死亡。"他说。接下来我什么都不知道了。

第一章 死亡游戏

石门①这个地方有一片荒原，位于住宅区与河川之间，是一片空旷的荒地，也是很久以前的矿坑遗址。我们就在那里玩艾斯丘的游戏，那个叫"死亡"的游戏。我们通常在下课铃响后到学校门口集合，小声说话，咻咻窃笑。五分钟后，博比·卡尔会告诉我们时间到了，然后带着我们穿过旷野去艾斯丘的洞穴。那是一个向地底深处挖掘的洞穴，洞口悬挂着两扇老旧的门板，权充入口兼天花板。它的位置在一处斜坡上，四周长满高大的野草，从学校或石门的住宅区都看不到这里。野狗杰克斯通常早已在洞口等候。杰克斯在一边低狺，艾斯丘便拉开一扇门板，看着我们，审视每一张脸，把我们一一叫进洞去。

我们弯腰紧贴着洞壁，一个接一个，小心翼翼地走下那看上去就要崩塌的阶梯。脚下是坚硬的泥地，墙眼内点

---

① 石门（Stoneygate），位于英格兰的泰恩—威尔郡。

国际安徒生奖儿童小说

着蜡烛,角落里有一堆骨头,艾斯丘说是人骨,是他在挖掘这个地方时挖到的。旁边还有一处焦黑的小坑,是冬天生火取暖的地方。洞壁上抹着干泥,艾斯丘在上面刻了许多我们的画像,还有好多野兽、我们养的猫狗、野狗杰克斯、怪物和魔鬼,以及天堂之门和张着血盆大口的地狱之门的画像。他把我们曾经在游戏中"死"过的人的名字都刻在坑壁上。我的朋友爱莉·基南坐在我对面,她空洞的眼神仿佛在说:进了这个洞穴,一切都得靠自己了。

　　艾斯丘穿着一条黑色牛仔裤,一双黑色运动鞋,一件胸前印着白色"Megadeth"①字样的黑色T恤。他先点了一支香烟,让烟在孩子们围坐的圆圈中传递,然后又传来一个水壶,说是装着特别不一样的水,是他从很深很深的古老煤矿里的一处泉眼打来的。这个古老的矿坑如今已经被落石堵塞,难以通行。他蹲在圆圈中央,在一块石头上磨他那把有刀鞘的小刀,乌黑的头发覆盖在眼睛上,苍白的脸庞在摇曳的烛光下忽隐忽现。

---

① Megadeth 意为大屠杀,美国摇滚乐队名。

"你们进入这个远古的地方,来玩这个叫做'死亡'的游戏。"他轻声说。

他把刀子搁在中央一片方形玻璃上,逐个巡视我们的表情。我们咬着下唇,屏住气,心怦怦跳着。有时会有人在这个时候害怕得闷哼一声,有时则会有人忍不住发出闷声的窃笑。

"这次轮到谁死?"他轻声说。

他转动刀子。

我们齐声吟诵:"死亡、死亡、死亡、死亡……"

刀子停止转动,刀尖指向谁,谁就必须伸手握住艾斯丘的手,艾斯丘就将这个人一把拖进圆圈的中央。

"今天有人要死了。"艾斯丘说。

被点到的人必须跪在艾斯丘面前,匍匐在地上。他必须先缓慢地深呼吸,接着呼吸越来越急促,还要抬头注视艾斯丘的眼睛。艾斯丘握着刀,指向他的脸。

"你愿意放弃生命吗?"艾斯丘说。

"我愿意放弃生命。"

国际安徒生奖儿童小说

"你真的想死?"

"我真的想死。"

艾斯丘抓着他的肩膀,在他耳边轻声说话,接着,他用拇指和食指合上那个人的眼皮,说:"这就是死亡。"

然后那人会倒在地上,动也不动,其余的人聚拢过来。

"安息吧。"艾斯丘说。

"安息吧。"我们也说。

接着,艾斯丘把门打开,我们鱼贯走回光明的世界。艾斯丘最后一个出来,他把门关上,让"死亡"的那个人单独留在黑暗里。

我们一起躺在河畔的阳光下、草丛中,河水被阳光照射出粼粼波光。

艾斯丘离我们远远的,蹲在地上吸烟,他弓着背,沉浸在他自己的忧郁中。

我们等待那个死去的人出来。

有时那个死去的人很快就会出来,有时要等很久。碰上后一种情况时,我们会停止窃窃私语和偷笑,神情紧张地面面相觑，啃着指甲。当时间一分一秒地过去，最胆小的人便会拎起他们的书包，用害怕的眼光对着艾斯丘，独自或三三两两地走回家。有时我们会小声商议把门打开，进去看看在里面的朋友，但艾斯丘总是看也不看我们一眼，厉声说："不行。死亡总要花点时间，现在叫醒他，从此以后，他就变成一个活死人了。"

于是，我们只好等待，在静默中忧心地等待。最后总算大家都回来了，我们终于看到白皙的手指抓住下方的门板，门被推开，装死的人挣扎着爬出来。他的双眼在强烈的光线下不自然地眨着，瞪着我们。他胆怯地对我们笑，要不就是露出吃惊的表情，仿佛刚从一场噩梦中醒转。

艾斯丘动也不动。

"死而复生了，是不是？"他小声说，一边兀自干笑。

我们围在"死去"的那个人的身边。

"什么滋味？"我们小声问道，"那是什么滋味？"

我们带着满腹疑团与"死去"的那个人慢慢走过旷野，留下艾斯丘独自一个人蹲在河边。

第二章　初识艾斯丘

当艾斯丘第一次来找我的时候,我才刚搬来石门一个星期。当时我站在荒原边上,背靠着破损的围墙,正在打量这个陌生的地方。远处有十多个小孩在疏疏落落的草地上玩耍。

"你是基特·沃森?"

我转头看见他。他爬过围墙,站在我的身旁。他有张大大的脸庞,宽阔的胸膛,一大撮头发盖在眉毛上,唇上隐约可见细细的胡子。他的腋下夹着一个素描本子,耳朵后面夹着一支铅笔。我已经在学校见过他,当时他苦着一张脸,懒洋洋地倚在一扇关着的教室门外。

"你是基特·沃森?"他再一次问。

我点点头。我闻到他身上有一股狗味,便把身子移开一点,觉得后颈上冒出鸡皮疙瘩。

"什么事?"我说,觉得喉咙干涩,舌头仿佛也肿大了。

他微笑起来，指了指我家。我家在我身后一条坑坑洼洼的小路对面，门前也有一道围墙和一座小花园。

"刚搬来，是吗？"

"我爸是本地人，我爷爷也是。"

我用尽可能骄傲的口气说，好让他明白我有权住在石门。

"我知道，基特。"他递过来一袋糖果，"来，吃颗糖。"

我嚼着糖果。

"你来自一个古老的家族，很好，基特，你是我们的一分子。"他注视着我，"打从你搬来后，我就一直在注意你。"

他抬起手，指点着一群正在玩耍的孩子，他们有的在踢足球、打斗，小一点的孩子在跳房子或玩过家家。"你有点不一样，"他说，"和这群孩子不一样。"他盯着我看，像在等我回答。

"什么意思？"

国际安徒生奖儿童小说

"什么意思?意思是你和我是一样的,基特。"

我看看他,他体格壮实,有双沉郁的眼睛。"不,"我心想,"不,我和你不一样。"

他又伸手指点着说:"你看那边有什么?"

"看什么?"

"看什么?不明白?那边。你看到了什么?"

我望向荒原:"有孩子、草、河流,跟你看到的一样。"

他笑出声来:"啊呀,不错,只有这些吗?真的吗?"

我再次看了看:"是的。"

他笑着摇了摇头,接着从他的素描本子上撕下一张纸。"为你画的,"他说,"给你。"

画中人是我,一张炭笔素描,画中的我靠在学校用链子锁上的围墙边坐着,注视着草地。正是两天前的事。

"不错吧,是不是?"他说,"像你吧,是不是?"

我点点头。

我把素描递还给他。他笑笑说:"拿去吧,送你的,拿回去钉在墙上。这是艾斯丘的原作,收藏家的经典藏品。"

我小心卷好，握着。

"那天你不怎么高兴，是吗？"

我耸耸肩。

"还没找到伴儿，是吗？"他说。

我眨眨眼，再耸耸肩："嗯。"

"没有合适的伴儿，是吗？还没找到，是吗？"他不停地打量我，注视我，揣摩着我，"你以后会看到更多。"

"什么意思？"

"你还会看到更多，"他说，"你会看到这个世界上还有许多人在我们身旁走动。"

"其他什么人？"

他摇摇头："不，现在不要为这个伤脑筋，不过我们以后会更接近的。基特，我和你，我们会很亲近，就好像我们是血肉相连。"

我将视线从他黑暗深沉的眼睛上移开，身体往后挪，希望摆脱他身上的狗味。我希望他走开，不要再打扰我。

他点了点头，移动脚步。"我们有一伙人，"他说，望

着荒原,"他。"

我顺着他的视线望去。

"还有她,和他,和他,和她,以及他们,都是好伙伴,很特别的伙伴,和那一帮小鬼不同的。"

我顺着他手指的方向,看到以后我将认识的那些人,我将跟着这些人一起进入艾斯丘的洞穴。他们是丹尼尔·夏基、路易丝·麦考尔、威尔菲·库克、多特·格兰,都是普通的孩子,不同的是,他们都来自石门的古老家族,而且都参与了那个叫做"死亡"的游戏。

他又把糖果递给我。"还有你,"他说,"特别是你,你像我,基特。你以为你不一样,但终有一天,你会发现你和我是一样的。"他眨眨眼,拍拍我的肩膀,"艾斯丘,"他说,"我叫约翰·艾斯丘。"他望着我好一会儿,"我好像一直在等你,"他说,"期待你的出现。"

说完,他笑笑,转身慢慢走开。两名女孩在他接近时站起来,先走开了。那个我已经认识的,叫博比·卡尔的金发男孩,朝着他跑过去,野狗杰克斯跟在博比的脚跟后面。

"艾斯丘!"博比嚷着,"约翰·艾斯丘!"

艾斯丘停下脚步,等候博比和杰克斯跟上去后,才慢慢地走开。

我母亲走出屋子,站在我身边。"认识新朋友了?"她说。

我耸耸肩。

"看上去有点粗野。"她说。

"不知道。"我说,"他叫约翰·艾斯丘。"

"噢,"她说,"那一大群……不过,我们不能以貌取人,也不能光凭他的家世断定一切。"

我给她看那张素描。她吹了一声口哨。

"这可真是天才之作!"她说,"他真有两下子,是不是?"

我们再望过去,艾斯丘、博比和那只狗已经朝荒原边上的河川走去。我望着,望着,渐渐地再也看不见他们,视野中只剩下几个孩子、荒原、河川。我感觉我的双手在

颤抖，手心渗出汗水。那晚我梦见我跟着艾斯丘在夜色中穿过旷野。我还梦见他双手掐住我的脖子，然后我惊醒过来。

第三章　艾斯丘又来找我

那天以后,他很快又来找我了。这次是在学校。当时我正在艺术教室下面的长廊看画展,有一部分他的作品陈列在那里,都是一些黑暗深沉的东西:灰色原野上儿童的侧影,黑色的、缓缓流动的河水,黑色倾斜的房舍,在阴沉的天空上翱翔的黑色鸟影……他想象昔日矿坑底下的生活,画了许多弓着身子在坑道内工作的男孩与男人。除了黑色还是黑色,只有一丁点烛光或头灯照射的白色光影。

"挺棒的吧,是不是?"他说。

我点了点头:"精彩。"

他指给我看他画中的儿童如何弓着腰,扭曲着脸,他们的身体如何因低窄的矿坑而佝偻着、发育不良。

"可怜的家伙,"他说,"我们的祖先就像这样,基特,过着悲惨的生活,受尽痛苦的折磨之后死去。你有没有想过?"

国际安徒生奖儿童小说

"有。"

"哈,我敢打赌。你不知道,我们虽然生在这个年代,基特,但是一百年前的我们却在地底下,约翰·艾斯丘与基特·沃森,在黑暗的坑道中匍匐着。矿井的坑壁坍塌了,瓦斯爆炸了,他们的尸体倒在崩塌的竖坑里。"

一位教师走了过来,她是布什小姐:"早安,克里斯托弗。"①

"早安,老师。"

她注视着我:"快去上课。"

"是,老师。"

"你也一样,约翰·艾斯丘。"

艾斯丘脸色一沉,因发怒而涨红。"本宁·布什,"当她走开时,他喃喃地说,"当心那头老母牛。"

我移动脚步准备离开。

"看到你的故事了。"他说。

"什么啊?"

---

① 基特是克里斯托弗·沃森的小名。

"你写的故事,他们贴在墙上的那个故事。"

那是个古老的故事,我爷爷给我讲的许多故事中的一个。

"写得很棒,"他说,"很精彩。"

"谢谢!"我正要走开时,他却抓住了我的手臂。

"你的故事就像我的画,基特,它们引导你回到深沉的黑暗,直到现在还影响着我们的黑暗。"他抬起我的下巴,让我注视他的眼睛。"你明白吗?"他说。

我试图移开视线,我的双手在颤抖,肌肉紧缩,但我感觉到自己被他强烈地吸引。

"你明白的,"他说,"你明白,是吧?你开始明白你和我是一样的,好像我们很久很久以前就已经在一起了。"他微笑着,任我挣脱开去。"看过纪念碑吗?"他说。

"什么?"

"什么?你不知道吗?纪念碑,基特。叫你爷爷带你去,你就会更明白了。"

"我们在放学后集合,"我转身走开时,他又说,"博

比·卡尔,还有几个人,你会在学校大门外看到他们,如果你有兴趣加入的话。"

我耸耸肩。

"那只是一个游戏,"他说,"一点乐趣。在学校大门外集合,如果你有兴趣的话。"他拿手指压着嘴唇:"不过别嚷嚷,不要告诉别人。"

那次我没去,不过我终究还是没能管住自己。

第四章　圣托马斯教堂的墓碑

　　我们家之所以搬来石门，是因为奶奶过世了，只剩爷爷孤单单一个人。我们在石门边缘买了一栋房子，房子面对荒原和河川，是一长溜住户中的一户。爷爷搬进我隔壁的房间，他的全部家当只有一只皮箱，装着衣服和纪念品。他把他早年的矿工头盔和擦得发亮的照明灯搁在床头的架子上。墙上挂着一张他和奶奶的合照，照片已经褪色，上面还有数不清的细小裂痕。那是爷爷和奶奶在圣托马斯教堂的结婚照，照片中的他穿着套潇洒的黑色西装，襟上别着一朵白花。奶奶身穿一袭白色长礼服，胸前捧着好大一束白色的新娘花，两人都开心地笑着。在他们后面可以清楚地看到墓园，再过去就是石门，然后是山丘和远方氤氲迷蒙的旷野。

　　刚搬来时，爷爷很忧郁，常常满眼是泪，整天沉默不语。他好像不认得我似的。我曾听妈妈悄声说过，说奶奶

国际安徒生奖儿童小说

去世,爷爷也等于跟着走了。每天晚上我上床时,总能听到他在隔壁叹气和自言自语。于是在梦里,我梦见奶奶来与他相会,和我的床只隔着一堵薄薄的墙,奶奶来安慰临终的爷爷。我听到她的声音,她在安慰他。我梦见他的叹息就是他临终前的最后一口气。吓得自己直发抖,怕我是那个听到他吐出最后一口气的人。

可是他没死,又开始露出笑容,还给我讲故事,用粗哑的嗓子唱那古老的矿歌给我听:

当我年轻力壮好儿郎,
嘿,嗨,我好采……

他带我散步,指给我看与矿坑有关的一切遗迹——花园里的坑洞、马路和房舍墙壁上的裂缝、扭曲歪斜的路灯柱和电线杆、被煤屑加深了颜色的土壤。他告诉我他那个时代的一切景象:河边巨大的黑色煤渣堆,高大的齿轮,每天早上有数百人从地面上消失,到了黄昏又重回地面。

他指给我看矿坑的竖坑入口，告诉我他们如何坐在吊篮里头晕目眩地垂直降下深入地底的坑道。他指给我看石门再过去的山丘，告诉我那里面到处是竖坑、洞穴和年代久远的废矿坑。

"看这地面，你以为它是坚实的，"他说，"但是往深里面看，你会发现它曲曲折折地布满坑道，又像兔子窝，又像迷宫。"

每当我们到处闲逛时，我总是不停地提出问题：你下到矿井里去有多深？里面有多黑？一天又一天、一周又一周、一年又一年地待在地底下，究竟是啥滋味？你为什么不怕呢，爷爷？

他总是微笑着。

"那里面很深，基特，很黑。我们每一个人都很害怕。我小的时候，常常从睡梦中颤抖着醒来，我知道身为石门这地方沃森家族的一分子，不久的将来，我就要跟我的祖先一样下矿井。"

说到这儿，他总是把我拉到他身旁，摸着我的双颊，

国际安徒生奖儿童小说

用他的手指梳理我的头发。

"并不是只有恐惧,基特,我们都有天生的使命感。我们了解自己的命运,大伙一块儿沉入可怕的黑暗里,有一种奇异的快感,而当我们脱离黑暗,重回可爱的人间,那才是最大的喜悦。明朗的春天早晨,灿烂的阳光,悦耳的鸟叫,大伙儿一起穿过可爱的山楂小路回家。"

爷爷常挥舞着双臂,面对阳光大声唱歌。他也常抓住我的肩膀,不住地笑着,我可以感觉到他的身体因为充满对我的爱而颤抖。

"这是我们的天地。"他常说,"啊呀,天底下并不是只有黑暗,最要紧的是快乐。基特,最要紧的是这可爱的光明。"

一个星期六的早上,我早早醒来,听到他在唱歌。我走进他的房间。

"爷爷,"我说,"纪念碑是怎么回事?"

他笑了。

"啊呀,"他说,"那是我要带你去看的东西之一。"

于是我们蹑手蹑脚地离开静悄悄的屋子，他带我来到圣托马斯教堂的墓园。那是一个美丽的地方：古老的石砌教堂、老树、倾斜的墓碑。

"从这里穿过去。"他说。

我们顺着坟墓间狭窄的小径，来到一座较大的坟墓前。那是一座又高又窄的金字塔形坟墓，它就是石门煤矿灾难的遇难者纪念碑。

那起灾难发生在公元1821年，共有一百一十七名矿工遇难。纪念碑因风吹雨打年代久远而显得老旧，但上面镌刻的遇难名单仍清晰可辨。有九岁的、十岁的、十一二岁的。阳光穿透苍老的树林，在墓碑、地面和我们身上印上斑斑点点跳动的光影。

"你可以想象一下当时的情形，挺难的吧？"他说。

我靠近墓碑，用手指抚摸那一个个名字。随即不由得倒吸了一口气，最上面一个名字是我熟悉的。

"约翰·艾斯丘，"我说，"十三岁。"

"啊呀，这里有许多你熟悉的名字，孩子。"爷爷笑着

国际安徒生奖儿童小说

说,"害怕吗?"

"害怕什么?"

"来看这个。"

他抓着我的手,让我的手指轻轻触摸墓碑的最下方,那里的名字因为湿气的侵蚀,已经长出翠绿的青苔,字体已难以辨认。

他用指甲刮掉青苔,我读着最后一个名字,再一次倒吸一口气,心怦怦跳起来。

"啊呀,基特。"

他微微一笑:"应该是一位高高高叔祖。你的名字一直是家族世代沿袭的名字。"

我用手指轻摸着刻在上面的字迹:克里斯托弗·沃森,十三岁。

爷爷搂紧我:"不要让这件事困扰你,基特,这是很久以前的事了。"

我从墓碑下方刮去更多青苔。

他们再也不会死去了,因为他们已经变成天使。

爷爷面带微笑："所有的一切都显示，回到石门是你最正确的选择，石门是你的家乡。"

他注视着我。

"明白了吗？"他轻声说。

我以深沉的凝视回应了他。"明白了。"我说。

我注视着这两个名字：约翰·艾斯丘，克里斯托弗·沃森。两个名字中间夹着一长串死者的名单，把我们紧紧联系在一起。

当爷爷带我离开墓园时，我仍不时地回头望去，直到我的名字与青苔和墓石模糊成了一片。

"从前，我们常在这儿玩，"他说，"天黑之后就到这儿来，围着纪念碑跳舞，倒背《天父颂》。吹牛说在黑暗里能看到古时候那些矿井里小孩儿的脸。"他呵呵地笑着，"恐怖极了！我们笑着闹着，尖叫着跑回家去，个个吓得半死。小孩子的游戏嘛，是不是啊？还能想出什么名堂？"

他一路搂着我回家。

"你能回来真好，"他说，"我一直希望能带你认识你的

国际安徒生奖儿童小说

故乡,我们的故乡。"他拍拍我的肩膀,"不过,别让墓碑这件事困扰你,现在的世界已经大大不同了。"

他又指指荒原另一头。

"我们总是吹牛说看见了古代的矿井童工在河的那一边玩耍,说他们从黑暗中跑出来——那些被埋在塌方底下没能挖出来、没被好好埋葬的小孩。"

"那你真看到了吗?"

"就那么说呗,不过有时候我几乎相信的确是看到了。我眯着眼看见他们在暮色里,在起雾的日子,或者地面反射阳光特别耀眼的时候,或者当一切都显得飘忽不定的时候……"他笑道,"谁知道呢,基特?那时我们都还小,小时候总是自以为是,那都是很久很久以前的事了。"

那天晚上,我从我的卧室窗口往荒原的方向望去,想看看有没有瘦骨嶙峋的小孩在玩耍。我眯起眼睛,只看到一团厚厚的黑影走过河面,脚下跟着一只黑狗。克里斯托弗·沃森,十三岁,看到约翰·艾斯丘,十三岁。

第五章　艾斯丘家访问记

是爷爷带我去看艾斯丘的家的。那天，我们在石门的边缘地带闲逛，那一带因靠近山丘，房舍已经逐渐减少。云雀从我们前方的草地一飞冲天，自海面升起的暮霭中，不见一个人影。纵横交错的小径可以看出是废弃了的运煤路，四周的田野和荒地连接着昏暗多雾的沼泽。废弃的石墙，废弃的破房子，洞开的窗户里长出一丛丛蔓草。旁边还有年代久远的山楂树林，深绿色的树叶丛中长出鲜艳的红莓果。

"小时候，大伙儿常躲在这儿，"爷爷说，"偷偷摸摸爬到树上，出其不意地从鸟巢里把蛋偷出来，含在嘴里，再爬到树下和同伴会合。然后，在鸟蛋上钻个小孔，把里面的蛋黄、蛋白吹出来，再把空蛋壳一个个排好立在装了沙子的盒子里。现在没人玩这种游戏了，这是违法的了。可当年所有孩子都这么玩。不过我们也有一些规定：至少要

留下两个蛋，而且不能破坏鸟巢。为的是让鸟家庭生存下去，传宗接代。"

爷爷的目光穿过逐渐陡峭的地势，投向曾经是矿井的地方。

"现在这里变成田园了，"他说，"一个适合你生长的地方，一个适合年轻的生命滋润成长的好地方。"

他闭上眼睛，含笑倾听云雀和小斑点雀在天上唧唧喳喳地唱歌。

艾斯丘家在最后一条街。那是一条呈袋状的死胡同，两旁是靠着山体而建的矿工小屋，屋子破旧，大部分小屋都已经被人用木板封起来。附近有一家已经歇业的合作社商店，还有一家半倒的酒吧，叫做"狐士酒吧"。

爷爷指指死胡同，一只骨瘦如柴的狗正夹着尾巴在那里垂头丧气地走着。

"就那间，"他说，"转角那家，你的小伙伴就住在那儿。"

那一家的窗帘是拉着的，杂乱的花园里有辆翻倒的婴儿车，还有一个空兔子笼。我们在对面站了一会儿，发现窗帘拉开了一点小缝，有一张女人的脸正偷偷往外看。外面毫无动静，只有那只狗在走来走去。忽然另一户人家传出一阵强烈的重节拍音乐声，接着又传出女人的咒骂声，再后来终于一切又恢复平静。艾斯丘家的女人这时站到窗前，她手上抱着一个婴儿，瞪着我们。

"他母亲。"爷爷说。我们转身走开。

经过"狐士酒吧"时，我们遇到艾斯丘的父亲。

他歪歪倒倒地从里面出来，手上夹着一支香烟，想把它点着。他口中念念有词，不时咒骂着，身子靠在酒吧墙上，一边拿眼角瞟我们。他的脸通红，绷得紧紧的。

爷爷朝他点点头，"艾斯丘。"跟他打招呼。

那人瞪着我们，眨眨眼，终于看清楚了。"是你，"他说，"沃森。"

"啊呀，"爷爷说，"这是我孙子，我儿子的小子——克里斯托弗。"

老艾斯丘瞟了我一眼，朝地上吐了一口痰。

国际安徒生奖儿童小说

"克里斯托弗·沃森啊?"他用袖子擦擦嘴唇,忽然又咳嗽起来,一边还骂骂咧咧的。"我该怎么办啊?亲吻他尊贵的脚,是吗?"他把头往前一探,"是吗?"他说,"是这样吗?"他大笑起来,又咳了一阵,接着又骂开了。

爷爷拉着我往自家的方向——荒原的方向走,途中经过一群玩耍的儿童,还遇上艾斯丘。杰克斯跟在他脚旁。他坐在河边一块凸起的石头上,素描簿搁在膝上,一只手飞快地在纸上移动。他转头看到我们,一张脸瞬间阴沉了下来。我举手打招呼,但他不理我,继续画他的素描。野狗杰克斯望着我们发出低狺。

"艾斯丘家导游结束。"到家后爷爷笑着说,"他们和沃森家族一样,是石门土生土长的居民,一代又一代,没完没了探索深沉、黑暗的过去。而且,啊呀,他们家的人一直都怪得很,可是当你需要一个伴儿时,他们永远在你身边。"

那天晚上,爷爷来敲我房门,"我想起我有这么一个东西,"他说着,给我看他手上一匹用黑煤雕刻成的小马,

"可爱吧，是不是？"他说。

我接过来。它乌黑、光滑，宛如玻璃制品，虽然有点陈旧，但仍可以清楚地看出它那栩栩如生的细腻线条。

"那个孩子的爷爷刻的，"爷爷说，"许多年以前。"

"艾斯丘也是个艺术家。"我说。

我给他看艾斯丘替我画的素描。

"事情总是这样，"爷爷说，"一代传一代，代代相传。"

第六章　疯丫头爱莉

因为爱莉·基南的缘故，我才加入了艾斯丘他们这个圈子。一天下午放学后，我走出学校，看到艾斯丘那一帮人在学校门外集合。其中有博比·卡尔和其他人，那时爱莉默默地站在边上，见我望着他们，便朝我笑。她的年龄和我一般大，住在我家后面，她家附近有一座公园，位于石门的中心地带。有一天上午，她在上学途中从后面追上来跟我说话。

"我叫爱莉·基南，"她说，"我认识你奶奶，我小时候她照顾过我，我也带她跳过舞，她可喜欢跳舞啦。"她笑着说，"她常对我提起她的宝贝小孙子基特，乖得不得了，她常说，不像那个疯丫头。"

我们一起走到学校。

"乖得不得了，"她说，"现在还是吗？这话是真的吗？"她盯着我笑。

"不知道。"我说。

"你是班上的绅士，"她说，"或者只是因为新来的缘故吧？"她还是紧盯着我，兀自开心地笑。

"不知道，"我说，"不知道该说什么。"

"哈，你是不会融化的奶油，是不是啊？"

我们继续往前走。

"你奶奶她是个非常可爱的人，"她说，"你一定很想她吧？她去世时，我们都很难过。"

爱莉纤细苗条，在学校曾因为涂口红、擦眼影而遭校方警告。她穿着红色的鞋子和黄色的牛仔衣来上学。她还在班上嘲笑老师，把书本卷成筒状，喜欢即兴杜撰一些由猛龙、魔鬼和受困少女编成的神怪故事。遇到她讨厌的课，譬如地理，她会望着窗外发呆，修她的指甲，做着将来有一天在电视爱情肥皂剧中演一角的白日梦。

"那么，"有一天，地理老师多布斯先生问，"那么，爱莉·基南小姐，在上半堂课你对冰碛知道了些什么？"

爱莉眨眨眼，回过神来想着如何回答。

"对不起，多布斯先生，"她说，"我看不出这个题目和我的性格和志愿有任何关系。"

她为此被留堂，学校还寄了一封警告信到她家。

在学校门口见到她之后的第二天早上，我们又一起上学。

"你是约翰·艾斯丘的朋友吧？"我说。

她望着我，嘴唇紧闭，"嗯。"她顿了顿，说。

"我看到你和其他人一起站在校门口。"

"嗯。"她又说，加快了脚步。

"好吧，你不是。"我说。

我任由她走在我前面，但她犹豫了一下。"你为什么想知道？"她说完，转身瞪着我。

"不知道，"我说，"只是觉得有点……"

"有点！艾斯丘是个老粗，他是个野孩子。"

"我和他说过话。"

"我敢说，他一定会骂你。"她一个劲儿瞪着我，双手叉在腰上。

我咬了咬下唇。我想告诉她，艾斯丘也许粗野，但他对我有种说不出的吸引力。我还想告诉她，我开始相信他说得对：也就是我像他、他像我。我想到爷爷说过的矿井，他说他怕矿井，却又不由自主地被它吸引。然而看到爱莉站在我的面前，扬起眉毛偏着头，我知道如果我这样说，她一定会嘲笑我。

"你听着，"她说，"以我对你的了解，我不认为我们所做的事适合你。"

我把头扭开。

"新来的先生，"她说，"乖宝宝先生，"她顿了下脚，想了想，"艾斯丘是个野孩子，"她又说，"这你是知道的，不是吗？假如你不知道怎么对付他，他会给你惹来一屁股麻烦的。你老老实实做你的家庭作业，写你的故事，新来的先生。"

我耸耸肩。

"他会拿你当早餐吞了。"她说，想了想，又摇摇头，"瞧你，"她说，"一副需要人保护的样子，不是吗？"

说完，她转过身去，踩着舞步走开了。

第七章　神奇的银孩儿

午夜刚过,我就从睡梦中醒来。

"他在那儿!快追!他在那儿!"

爷爷在大声呼叫。

随后一阵沉默。他又做梦了,我心想。笑一笑,翻个身继续睡觉。

"啊呀!啊呀!又来了!大伙儿跟着他!"

紧靠着床铺的墙壁一阵震动,我听到爷爷在床上不安地扭动和翻滚。

套上衬衫和短裤,我踮着脚走出房间,靠近他,在他床边坐下。他的双腿胡乱踢着,两只手乱挥乱舞,大口喘着粗气。

"爷爷,"我小声喊,"爷爷。"我摸着他的额头:"爷爷。"

他睁开眼睛,瞪着我,瞳孔里闪烁着从窗口照进来的月光。

"啊呀,是他!"他说,"快追!快追!"

我抓住他的肩膀,轻轻摇着:"爷爷,爷爷。"

他眨眨眼,摇了摇头:"啊?怎么啦?"

"是我,爷爷,我是基特。"

我弯腰扭开床头灯。

他还瞪着我看,这回看清楚了,发出一声长叹。

"基特,是你,基特!"他又摇摇头,揉揉眼睛,笑着说,"咳,这次我们差一点就追到他了。"

他笑着,身体松弛了下来,往后靠在床头板上,瞄了一眼时钟,脸上露出笑容。

"老头子和小孩子这个时刻都应该在床上睡觉,是吧?"他拿手指按住嘴唇,"不睡的话,他们会把我们的皮剥了的,基特。"

"你梦见谁了?"我悄声问。

"小银孩儿。"

"银孩儿?"

"给他取这个名儿,是因为灯光照在他身上,会发出缎

子一样的银光。他总是从我们眼前的坑道里一闪而过，转眼间就不见了。"

"是鬼魂吗？"

"银孩儿是个穿短裤头和靴子的小孩，和我们这里的小孩一样。他有时从黑暗深处看着我们，有时在咱们下去采煤时，从背后一溜烟儿过去。"他含笑说，"假如有谁的照明灯出了故障，或者饭盒不见了，铁定是银孩儿的杰作，我们都这样说。可怜的孩子，这个小银孩儿，总是不等你看清楚转眼间就不见了。"

他又微微一笑，双眼凝望着，仿佛注视着很久很久以前的矿坑深处。

"有人说，他是在一次矿坑灾难后被埋在里面的，尸体没能挖出来。是许多就地掩埋在地底深处的遇难者当中的一个，但是他并不可怕，甚至还有点可爱，会让你想要去摸摸他，安慰他，把他带到亮处。"他笑着说，"去问这一带任何一个老头子，他们都会告诉你银孩儿的事。"

他抚着下巴。

"有时候去追他,像在梦里一样,可是没有一次能摸到他的边儿。"

屋子另一头似乎有点动静。

爷爷把灯关了,"要挨骂了,基特,"他小声说,"回去睡吧,好吗?"

我们互相对视着,两人的脸上都映着月光。

"我们常留一些饼干给他,还有一些水。"他悄声说。

"他拿了没?"

"好像拿了。"他含着笑,"银孩儿是黑暗深处的一点光明。"他小声说,捏捏我的手臂,"我常想,他是不是还在里面?"他小声说,"晚安,孩子。"

"晚安。"

我蹑手蹑脚回房去睡觉。

我躺在床上,浸浴在月光中,久久不能入睡。忽然,我从眼角瞥见了银孩儿,他躲在我的房间角落,在月色中发出闪闪的微光。

"银孩儿!"我小声喊。

我努力把焦点集中在他身上,但他只在我的视线边缘飘忽不定。我想伸手去摸他,他却立刻隐身在黑暗中。

直到睡着,我还在小声说:"银孩儿。"

"银孩儿!"我在梦中喊。我又看到他了,从我眼前一闪而过。他在前头跑,我在后头追。有时他会停下来,转身看我,我可以清楚地看到他的短裤,他的靴子,他瘦弱的身子,他表情柔和的脸。一整夜,我都跟在他后面。

"银孩儿!"我不停地喊,"银孩儿!银孩儿!"

整个晚上,他都在我面前跑,在我梦中无止境的坑道里忽隐忽现。

第八章　加入艾斯丘一伙

天色已近黄昏,是在很久以前的一天。我独个儿在外面游荡,看见艾斯丘一伙在校门外集合。其中有爱莉、博比和一小撮其他人。在他们前面是艾斯丘黑色的身影,晃悠悠地朝着河的方向走去,杰克斯跟在他脚下。我停下脚步,心怦怦地跳,手心渗出汗水。爱莉发现我站在一旁,嘟起嘴背过脸去。我朝他们走过去,站在边上,他们看着我,一脸狐疑。

"谁叫你来的?"威尔菲·库克不怀好意地说。

博比笑笑,"来了就好。"他语气温和地说。

艾斯丘忽然不见了。我们就等在原地。

"我们过去吧。"博比说。于是一群人朝荒原走去。

我跟在后面,故意放慢脚步,内心挣扎着,不断命令自己停下来,回家去。爱莉走在最前面,始终没有回头。脚下地面的坡度猛然增大,我们涉水穿过高高的蔓草,到

达洞口。人都到齐了,四周一片寂静。此时忽然传来杰克斯的吠声,艾斯丘的手先从洞里探了出来,把门拉开。爬出洞穴,他挨个审视我们的脸,看见我,咧嘴笑了。

"进来吧。"他说。

我最后一个下去。和其他人一样,我也弓着腰紧挨着坑壁走了下去。艾斯丘把门关上,点起一支香烟,倒了一壶水。

"有一个新来的人加入我们的游戏。"他说。

除了爱莉以外,其他人都望着我。我看到他们眼中露出兴奋的神色,听到他们哧哧窃笑。传到我手上的一壶水在微微颤抖。

"他是个胆小鬼。"路易丝小声说。

有人偷笑。随后艾斯丘小声地说:"闭嘴!"他环顾四周,"我们应该拿他怎么办?"他问。

"剥他的皮。"博比轻蔑地说。

"用针刺他的指甲。"路易丝说。

"施巫毒法术。"多特小声说。

爱莉盯着地面，头垂得很低。

艾斯丘哼了一声。

"到底应该怎么办？"他说。

他们屏住气，等他开口，接着全体齐声说：

"我们要欢迎他。"

"那他要保守什么？"艾斯丘说。

"秘密。"他们回答。

"他要献出什么？"

"生命。"

"我们要给他什么承诺？"

"死亡。"

他靠近我，结实的身躯在烛光的摇曳中忽明忽暗。

"你同意保守这个聚会的秘密，不把我们的游戏告诉任何人？"他说。

我瞥一眼爱莉，她伸出舌头对我做鬼脸，然后转过头去看别处。

"是的。"我说。

"喝水。"艾斯丘低声说。

我颤抖着从水壶里喝了口水。

"吸一口烟。"

我接过香烟,吸了一口。

他脸上露出笑容,"接下来是刀子。"他在我眼前举起刀子,"亲吻刀子。"

我亲吻了冰冷的不锈钢刀身。他忽然把刀尖抵在我的唇上。

"你要知道,"他小声说,"万一你破坏誓言,野狗杰克斯会把你撕成碎片。"

"撕成碎片。"在场的人齐声说。

"这是基特,"艾斯丘说,"新加入的。任何人伤害他就是伤害我们全体,我们要不要替他报仇?"

"我们要替他报仇。"全体人员齐声说。

他深深地注视着我,微笑了。

"终有一天,基特·沃森,"他轻声说,"你会看到你的名字写在这里的墙壁上,你会成为众多死者中的一个。"

他摸摸我的脸颊。

"你的名字会被写在这里,就像写在墓碑上那样。"

我的视线落在他身后的名单上,最上面一个写着约翰·艾斯丘,十三岁。底下许多名字因为井壁渗水,已经模糊不清,再下面则是一片空白。

"现在,"他说,"我们开始进行这个叫做'死亡'的游戏。"

他把刀子放在玻璃板上旋转。

那天,刀尖没有指向我。

第九章 爱莉认为我是大笨蛋

星期六上午,爱莉来敲我家的门。

"有人找,基特!"妈妈喊道,"你的朋友,爱莉。"

我走下楼,看到妈妈和爱莉正站在台阶上谈论奶奶,高兴地笑着。

爱莉拉我穿过花园,来到空地。

"你真蠢!"她说。

"什么啊?"

"真蠢。才来几个星期,就和那帮野人搞在一起。"

"你自己还不是和他们搞在一起。"

她摊了一下双手。

"天哪,"她说,"我看你要把我逼疯了!你看到他们没?明明白白看清他们没?一群没用的人,笨蛋加傻瓜加无可救药的人。站在中间的那个野人,粗野、鬼鬼祟祟的,简直就是个穴居的野蛮人!这是个笑话,老兄!"

"那你呢?"

"噢,你这个乖巧的大笨蛋!"她用力跺跺脚,瞪着我,"这叫体验,为的是要了解这个笨蛋世界到底发生哪些事,为的是要了解其他人的愚蠢行为,知道大家都在做什么。"

她大踏步走开,边摇头边用力挥手臂,一脚踹开一大丛野蓟,然后回转身子,手指着自己。

"我将来要当演员,"她说,"艺术家。我需要知道这些事,因为将来有一天,我可能有必要饰演这种傻瓜!"她又瞪着我。

"而你……"她说。

"我怎样?"

"是呀!你怎样?好好先生!完美先生!不会融化的奶油先生!你将来的计划是什么啊?当个公务员,或开店卖电脑?或者天老爷,对了,一定是!当个教书匠!是的,老师,沃森老师。不,老师,沃森老师。我可以去厕所吗,沃森先生、老师?"

她爆出一阵大笑,又狠狠地踹脚下的野蓟,把野蓟的种子踢得漫天飞舞。"是不是这样?"她说,然后看着我,咯咯地笑,"没错儿!没错儿!"

她笑着往河边跑去,用力扑倒在草丛中。

等我走近,她坐了起来,嘴里嚼着一根草。我在距离她几尺的地方坐下,她撅着嘴,不理我。我看着河水潺潺流动,注意到河心的水流在激烈地翻滚。

"你死过没?"我轻轻问。

她咂了一下嘴唇,没搭腔。

"死过了!"最后她说。

"几次?"

"一次。"

"什么滋味?"

"天啊,基特!"她愤怒地移动身子,仿佛又要站起来跑开,"你快,"她说,"你快把我逼疯了!"她嚼着草,吐出最后一截草茎,"是的,"她说,"我死过,但我是假装的。"她笑着说,"害他们等了好久,我出来时几乎没有一个人离开。"

"你对他们说了些什么?"

"还不都是那些老套。隧道尽头的白光啦,阴暗的河流啦,妖魔鬼怪啦,天使唱歌之类的。"她又笑起来,"演得挺像一回事。"说完,她转头看着我,摇摇头,"他们也一样,"她说,"每一个都是。"

"都是装的?"

"嗯,都是装的。他们说没有装,实际上都是。"

"你怎么知道?"

"我就是知道。一群傻瓜加笨蛋,他们就是这种人。"

我想象那个漆黑的山洞,孤单一人待在洞里会怎么样,死又是怎样的滋味。

"但是你不可能知道,"我说,"不是吗?你不可能知道他们是假装还是真的。"

"不知道,老师,沃森先生。当然,你说得对极了,沃森先生。"她瞪着我。

"你以为你知道一切,"我说,"你以为一切只是一场游

戏，你以为这一切只是你自己愚蠢的娱乐。"我感觉眼泪夺眶而出，"人是会死的，人是会死的，人是会死的！"

我在草丛中躺下，仿佛听见爷爷的歌声，还听见奶奶遥远的低语。

"人是会死的。"我再一次轻声说，这句话在微风中轻轻飘过旷野。

爱莉窸窸窣窣地靠过来。

"天哪！"她喃喃地说，"我说对了，你是需要一个人来保护你。"我感觉到她的注视。

"你的问题在于，"她说，"你不像那些傻瓜或笨蛋或无可救药的人，你也不像我为了好玩才参加。如果随你去，总有一天，你会哀求艾斯丘挖个洞把你埋进去。"她敲敲我的脑壳，"嘿，"她柔声说，"沃森先生，天真无邪的先生。"

"什么事？"我胡乱应答。

"我得照顾你，"她说，"像你奶奶希望的那样。"

"你怎么知道她希望怎样？"

她叹了口气，咂了一下嘴巴。

"这样好了,"她说,"我也不去参加那个游戏了,怎么样?反正我也腻了,老和那一帮傻瓜笨蛋在一起。我们一起做点别的事,好吗?"

我站起来,擦去泪水。

"你还是不懂我的意思,不是吗?"我说,"要是我想玩呢?要是我想看看到底会有什么结果呢?"

说完,我匆匆转身跑开,离开荒原,离开玩耍的小孩,用力眨着眼睛,忍住泪水。

第十章　爷爷的远古礼物

"看看这玩意儿。"爷爷说。

爷爷进来时,我正在房间做功课,为英格兰与世界各地区的时差而奋战。天气寒冷昏暗,外面下着大雨。我不时从书桌前抬头往外看,心想,如果旅行的速度够快,一动念就能抵达你想去的地方那该有多好啊。但是我没这样写,我照着他们的要求写:假如此刻石门是几点几分,纽约便是几点几分。真是无聊极了。就在这时,爷爷来敲门。

他把东西往我桌上一放。那是一块平滑的长方形煤炭,像先前那只小马一样刨光了的,表面还有清晰的纹路。我用手指抚摸着它。

"这是一块树皮。"我说。

"不错,是树皮。如果小心剥开,你可以发现许多煤都有树皮的纹路。"

"煤的前身,"我说,"就是树,几百万年以前的树。"

·旷野迷踪·

"一点不错,"他朝窗外点点头,"如果你当时坐在这儿,就能看见那会儿的景象。在几百万年前,这里到处是茂密的树林、沼泽。"他抚摸着煤炭,"还有这玩意儿。"他又掏出一枚黑色化石放在桌上,那是一枚有螺纹的羊角形介壳。"你猜这是什么。"他说。

"一种动物,和那些树的生存年代差不多。"

"答对了,是菊石①。这是它的化石,它就住在里面,这东西有点像蜗牛,又像寄居蟹。和那片树皮一样,也是从矿井里挖出来的。"

我将它握在掌心。

"问题是,"他说,"它是居住在海底的生物。"

我不禁想象着它在水中蠕动前进的模样。

"海水把这个地方淹了,树倒下来,经过一段时间,海水下的沉积物渐渐变成岩石,然后地壳变动,更多的岩石挤压在一块儿,一段时间以后,岩石增厚,把远古时代的动物和植物的尸体往下压,又经过很长一段时间,它们终

---

① 菊石(Ammonite),已灭绝的海生无脊椎动物,生存在奥陶世至晚白垩世。

于变成了煤。"他笑着说,"这些你都知道的,是吧?学校都教过了吧?"

我点点头。他又笑了。

"每回我们坐着吊篮下井的时候,就把时间忘得一干二净。几百万年就等于一秒钟。采矿人就是时间的旅人哪!"他轻抚我的书本,"你的书本保持得很干净,成绩也不错,我相信你会有出息的,孩子。"

我望着窗外,仿佛看到了远古的森林,看到沼泽,看到海水涌上来淹没一切。我眨眨眼,再看到的却是荒原和下个不停的雨。

"真是奇怪,"他说,"太阳的光和热让这些树木生长,树木埋在漆黑的地下又变成黑色的煤。我们把它挖出来,从它那儿,我们得到了什么呢?得到它散发的热和光。"他摸着树皮,"这玩意儿,比漆黑的夜还黑,却含着远古以前太阳给它的光和热。"

他轻轻笑着,在桌上来回推着化石,仿佛它仍然活着。

然后他把它推到我写好的功课上,"给你,"他说,"还有这块木化石。"他把它们一股脑儿推到我的笔记本上,盖住我写好的答案。"一个时间旅人的礼物,"他说,一边抚摸着我的肩膀,温柔地笑着,"把我的故事和宝贝都送出去,我就没啥剩的了。"

我将菊石放进口袋,告诉自己要永远保存,这是爷爷送我的宝贝,一份来自很深、很远、很黑暗的往昔的礼物。

第十一章　艾斯丘的醉鬼爸爸

"你看。"妈妈说。

那是一个星期六的下午,阳光灿烂。她站在窗口,窗户大开,轻柔的微风一阵阵飘了进来。

"过来看。"她说。

我站到她身边。

"什么事?"我说。

她揽着我的肩,说:"那边。"

在巷子里,艾斯丘的父亲正扶着墙,步履蹒跚地走过来。他不时停下来,脚步踉跄地扶着矮墙,有时头低垂着大口吸烟。

"过来!"他大声嚷着,"你给我过来!"

"醉得一塌糊涂。"妈妈说。

他的身体摇摇晃晃,好像非得抓紧围墙才不致跌倒的样子。"你给我过来!"他叫道。

·旷野迷踪·

"杰克·艾斯丘,老是喝得醉醺醺的。"妈妈嘟囔着。

过了一会儿,只见艾斯丘垂着头,从河边慢吞吞地走向那醉汉。他父亲两只手胡乱挥舞着叫他过去。野狗杰克斯也在,慢吞吞地跟在艾斯丘一旁。

"快点!"

艾斯丘来到围墙边,被那醉汉掐住脖子扯到身边去。只见那醉汉缺了牙的嘴里,口水止不住往下滴,宽大的脸庞涨成绛红色,不住地对着儿子的耳朵吼叫。艾斯丘低着头,两手垂着,拼命想把头转向一边去,但那醉汉用力抓住他,扇他耳光,不让他躲闪。他口中念念有词,手上越抓越紧,一会儿狂笑一会儿吼叫,最后松开手,倒退了几步,扶着墙站直,往地上吐了口口水,吸了一会儿烟,再跌跌撞撞地往前走。

"这是给你一点教训!"他吼叫着,转头瞪着我们这边,"看什么看,啊?有什么好看的?"

我们退后,离开窗口。他继续边走边骂,摇摇晃晃地离开,嘴上还不断地喷出烟来。

"想想，"妈妈说，"想想和这种人一起过日子，得遭多少罪。"

我点了点头，感觉到她的手轻轻抚着我的肩头。

"你必须学会坚强。"她说。

"或者假装坚强。"

"是的，或者假装坚强。"

杰克·艾斯丘摇摇摆摆地往前走。他的儿子在后面注视了一会儿后，瘫坐在地上，背靠着矮墙。他低垂着头，一只手搂着杰克斯。我们看到他的肩膀在不住地抽动。

"可怜的孩子，"妈妈轻声说，"可怜的人。"

第十二章　这就是死亡

昨天的一场雨，弄湿了艾斯丘的山洞地面。雨水渗进岩壁，顺着艾斯丘的画流到地上。洞内充满潮气、烛火和蹲坐在一起的人体气味。爱莉在摇曳的烛光下面望着我，毫无表情。我看了看其他人，这些孩子和我一样，都来自石门历史悠久的家族。死亡这件事真的在他们身上发生过吗？他们真的经历过纪念碑上的孩子们所经历的苦难吗？还是这根本只是一场游戏，他们都是装出来的？我默念着洞壁上他们的名字：

约翰·艾斯丘，十三岁；罗伯特·卡尔，十一岁；威尔菲·库克，十五岁；多特·格兰，十二岁；爱莉·基南，十三岁；丹尼尔·夏基，十四岁；路易丝·麦考尔，十三岁……

国际安徒生奖儿童小说

下面还有一长串名单,是还没有参加过游戏的孩子的姓名,仿佛在梦中一样,我看到其中有我自己的名字:

克里斯托弗·沃森,十三岁。

四周的岩壁上画满了妖魔鬼怪、长着巨大白翅膀的明亮的天使、天堂之门以及张着血盆大口的地狱之门。这时水传到我手上,我就啜了一口。后来,香烟也被传给我,我也吸了一口。我再看看爱莉,她面无表情,木然地看着我。我从她眼中读出这样的信息:进了这里,一切得靠你自己了,沃森先生。我很想大声对她说,她是对的,我们应该远离这帮傻瓜、笨蛋和无可救药的人,找些其他事来做。但我只是坐着、坐着,越坐越发抖,越坐越害怕哪天刀尖会指向我,同时我又被一股莫名的力量驱使,渴望着轮到我,就像爷爷被什么力量驱使着进入漆黑的矿井一样。我想知道纪念碑上的孩子们所知道的一切,我奶奶所知道的一切。当艾斯丘把刀子放在玻璃板上时,我全神贯注地盯着。

"这次轮到谁死?"他轻声说。

"死亡,"我们齐声说,"死亡、死亡、死亡、死亡……"

刀子映照着烛光,转了又转。

这次应该是我。我心中暗想。刀尖指向我又转开。是我,不是我,是我,不是我,是我,不是我……终于,转动的速度慢了下来,直到停止。

是我。

我几乎喘不上气来呼吸,浑身抖得越发厉害,把目光投向对面的爱莉。靠你自己了,她的眼神在说,你得靠自己了。

艾斯丘微笑着,把手伸向我。我握住他的手,他把我拉到人群中央。当他把一只手放在我头上时,我意识到眼眶里已充满了泪水。

"镇定,基特。"他在我耳边喃喃地说,但我无法停止颤抖。"镇定些,基特·沃森。"

我听到路易丝说:"他是胆小鬼!他是胆小鬼!"

其他人咯咯地笑了起来。

"安静,"艾斯丘轻声说,"今天有人会死。"

我照着以往看过的情形跪下,匍匐在地上。

没什么了不起,我告诉自己。只是一场游戏,只不过是一场游戏。

"慢慢地深呼吸,基特。"他轻声说。

我缓慢地深呼吸。

"现在呼吸加快,越来越快。"

我快速呼吸,越来越快。

"看着我的眼睛。"

我注视着他的眼睛,就像注视着一条看不到尽头的黑暗隧道。我感到我的视线越来越深入,我感到像被驱赶进一个无底的深渊。

不过是一场游戏,我试着告诉自己。没什么大不了,只不过是一场游戏。

我告诉自己,我可以玩这个游戏,我可以假装经历了死亡,像爱莉那样。

艾斯丘把明晃晃的刀举到我面前。

"你愿意放弃生命?"

"我愿意放弃生命。"

"你真的想死?"

"我真的想死。"

他抓着我的肩膀,将我拉近他的身旁。此刻,我所能看见的只是他的眼睛,所能听见的只是他的声音。

"这不是游戏。"他说,声音非常非常轻。

"你会真的死去,"他柔声说,"你所看到的一切,你所知道的一切,都会消失。你已走到生命的尽头,你将不复存在。"

他合上我的眼睛。

"这就是死亡。"他说。

接下来我什么都不知道了。

我醒来时躺在潮湿的泥地上,脸颊冰冷,四肢麻木酸

国际安徒生奖儿童小说

痛。只有一根蜡烛还在洞里亮着,光线黯淡而微弱。恶魔在洞壁上瞪着我,四周静悄悄的,听不到一点声音。我动了一下,翻身坐起来,揉揉眼睛,甩甩头。什么也不记得了,脑子里一片黑暗、空白。我的骨头酸痛僵硬,肌肉无力。我爬到阶梯上,伸手要把门拉开,这时我恍惚听到了人声:尖利的耳语声、忍耐着的大笑声。再看看洞内,除了骨头、壁画和雕刻外,什么也没有。

我揉揉眼睛。

"谁在那儿?"我小声说。

传来更多的窃笑声。

再揉揉眼睛,眨眨眼,我便看到他们了。摇曳的烛光下几个瘦骨嶙峋的身体,他们畏缩在角落里逃避光线,几乎和洞壁合为一体。我想凝神细看,可是他们的身形飘忽不定、若隐若现。但我看到他们空洞的眼睛、黑色的皮肤,听到他们尖利的窃笑声,我知道他们和我在一起,这些古老矿井里的小孩,和我一起在艾斯丘的洞穴里。他们并没有停留太久,逐渐消失了,最后只剩下我一个人。

· 旷野迷踪 ·

我把门拉开，只有艾斯丘留在外面，面向河水缩着身子和杰克斯偎依在一起。爱莉待在高高的草丛中，啃着大拇指。

艾斯丘望着我。"怎么样？"他说。

我无法言语，摇摇头，看着他的眼睛。

"你看到他们了。"他说。

我把头扭向一边。

"你看到了，基特·沃森，"他又说，"一旦你看到了，往后你就会常常看到他们。"

我跌跌撞撞走向爱莉，她站起来抓住我的手臂，注视着我，我看到她眼中流露出想保护我的真情。我们扔下艾斯丘，一起走过荒原。

"天哪，基特！"她说，"还以为你不会出来了。"

我无法开口对爱莉说话。

"基特，"她说，"基特，天哪，沃森先生！"

我们继续往前走，我感觉体力慢慢在恢复。

她一直盯着我。

"基特，"她说，"基特。"

"没事，"我轻轻说，"我没事。"

"他什么意思？"她说，"他说你看到什么？"

我把视线投向荒原，眨眨眼，又看见他们，飘忽瘦小的身形在我的视线边缘出现，我听见他们的窃笑，他们的耳语。

"我要杀了他，"爱莉说，"这个穴居人。"她迫使我停下脚步，我们站在草地上，"来，"她说，"打起精神来。"

我深吸几口气，甩一甩头，勉强对她笑笑。

"你呀，"她说，"太天真，你的问题就在这里。我快被你逼疯了。"她捏捏我的手臂，我们继续走。她带着我走向我家大门。"基特，"她不停地说着，"基特，天哪，基特！"

我再看看旷野。

"你看到他们了吗？"我轻轻说。

"看什么？你看到什么了？"她直盯着我，"基特，天哪！你看到了什么？"

我再看看四周，忽然间什么也没有了，四下只是平日寻常的景色，寻常的小孩在寻常的荒地里玩耍。矿井里的小孩早已不见了。

"没什么，"我轻声说，"没什么，我现在没事了。"我再一次甩了甩头，揉揉眼睛。莫非只是一场梦？"我不是装的。"我告诉爱莉。

"我知道，基特，我看得出来。"

我看见我妈站在窗口，正在往外看。

"我得进去了。"我说。

"改天你再给我仔细说吧。"

"好的，爱莉，我会把我所感受到的有关死亡的一切都告诉你。"

我们在矮墙边分了手。

"明天见，基特。"爱莉说，却没挪动脚步。

"你真的死过了吗？你敢确定？"她说。

我点点头。

"你呀，"她说，"你可真行。"

我走进屋子。

"你去哪里了?"妈妈说。

"就在河边,和爱莉在一起。"

妈妈笑了起来。"这个丫头。"她说。

我坐在餐桌旁,胡乱挑着食物吃。从窗户往外看去,石门的孩子们正在房舍与河流之间的空地上玩耍。

爷爷好像感到了什么,专注地观察着我,全然不在乎是否会冒犯到我。

第十三章　作文课上

午后的日光从教室窗口射进来。本宁·布什含笑对着全班朗读我的故事。我低着头，满脸通红。

"写得真好，克里斯托弗。"读毕，她将故事放在面前的桌上说。

我听到少数人附和她，也听到少数不友善的嘘声。我瞄一眼教室角落，发现爱莉正望着我。她笑着对我伸舌头，又对我挤挤眼。

"这是真的吗？"本宁·布什说，"矿工们真的看到了男孩吗？"

"我爷爷是这样说的。"

她露出灿烂的笑容。

"那，"她说，"如果这样的故事能使你写出好作品，你得请他给你多说一点故事。"她举起我的作文给全班看，"我想我们还是要把它张贴在布告栏上。《银孩儿》，作者克里斯托弗·沃森。"说完,她放下来,换另外一位同学的作文。

坐在我前面的安妮·迈尔斯举起手。

"什么事,安妮?"

"如果这是他爷爷给他说的故事,我们能不能给它取名叫《基特的故事》?"

本宁·布什点点头。"这个问题问得好。是的,可以。作家把他们听过的故事记下来,自古以来的作家都是如此。伟大的作家,像乔叟或莎士比亚,他们的伟大作品都是这样产生的。故事从一个人传给另一个人,然后又一代传一代,每写一次,就多少有一点不同。举例说,我相信基特一定在他爷爷的故事中,加入了一点他自己的想法。是吗,基特?"

"是的。"

她微笑着。

"因此,故事会改变、会演化,就像它也有生命。是的,就像它也有生命。"

安妮转头看看我。"我不是不喜欢它，基特，"她说，"我只是想起这个问题而已。我认为它是个很棒的故事。"

"还有，"本宁·布什说，"口头流传的故事和文字书写的故事，是两种截然不同的流传方式。"她稍稍沉吟了一下。"请你的爷爷多讲点吧，"她说，"我想，也许他会乐意来教室，跟大家说说他的故事呢？"

"你都好了吗？"回家途中，爱莉对我说。

我笑着耸耸肩："是啊。"

"怎么回事？"

"不知道，什么也不记得了，"我望着她，"我不想假装。"

"我知道。"

我们继续往前走，我的手插在口袋里，握着爷爷送我的菊石。

"你什么都不记得了？"

"不记得，爱莉。"

"没有魔鬼，也没有天使？"

"没有。"

"天哪,基特!"

回想那一场游戏,真的想不起什么了,只记得进去时一片漆黑——艾斯丘瞳孔内深沉的黑暗,洞穴的黑暗;只记得要出来时,那些倏忽消失的像梦一般的远古的小孩。

我们继续往前走。

"你为什么会什么都不记得呢?"她说,"我觉得是艾斯丘对你使用了催眠术,还能是别的什么吗?"

"不知道。"

"你会再来一次吗?"

"不知道。"

"天哪,基特!"她说,"你干吗不假装呢,其他人都是装的,我保证他们都是装死。"

我们继续走。

"当时真没觉得可怕?像在做梦一样,不知不觉就睡着了?"

"不知道,爱莉,就像什么都没有,什么都没发生过似的。"

"天哪!"爱莉不停地说,"天哪!"

"我要出来时,情况有点不寻常。"我说。

"不寻常?"

"是的,"我低垂着眼睛,确信她会嘲笑我,"我看见有一群小孩,很多个。很久很久以前石门的小孩。但我现在回想起来,也许那只是一个梦。"

她注视着我。"天哪,基特!"她说,"像你故事里的小孩银孩儿吧。"

"是的,但是有好多个。"

"你后来又看到他们了吗?"

"没有,爱莉,"我环视旷野,眯起眼,"没有,他们就像一场梦。"

我们默默地走到大门口,爷爷躺在花园内的帆布椅上朝我们笑,头上戴着他那顶破旧的遮阳帽。

"是那个坏丫头!"爷爷大声说,"那个害我老伴抓狂的小魔鬼!"

他招手叫我们进去。"她说,这是她见过的最野的野丫头,"他说,笑着拍拍爱莉的手臂,"最野也最可爱,她这样说。"

爱莉咯咯地笑起来,模仿奶奶的动作摇着手指头,学她说话的语气:

"爱莉·基南,你害我忙得上上下下团团转,我快被你逼疯了!"

"哈哈哈,"爷爷说,"正是她!正是她的口气!"

他摇着头,一想起过去,忍不住露出笑容。"唱个歌给我们听,"他说,"来,甜心,唱首歌给我们听。"他朝我挤挤眼:"唱你小时候唱的那首歌,天使的歌声,魔鬼的舞姿。"

爱莉想了一下。

"你也一起唱,"她说,"像奶奶以前那样。"

"那唱吧,你开头,宝贝。"

爱莉深吸一口气,唱了起来,爷爷立即加入合唱:

·旷野迷踪·

啊,孩子,拿起你的矿砂,

我来为你说个恐怖的故事;

啊,孩子,拿起你的矿砂,

我来为你说……

他们不停地唱,互相依偎着,随着节拍一起手舞足蹈,陶醉在音乐声中,进入了忘我的时空。

第十四章　爷爷在丧失记忆

我确实很想邀请爷爷到学校为大家讲讲他的故事，问题是，我们一家人已经开始担心故事会有结束的一天。妈妈是第一个注意到这个情况的人。表面上看来没什么，爷爷只是经常短暂的陷入失神状态。尽管每当这种现象发生时，是很容易就看得出来的，妈妈还是提醒我们留心着点爷爷的状态。有时我们四个人在一起吃饭，说说笑笑，各自谈论当天发生的事情，忽然间，他仿佛不在了。不再说话不再倾听，盘子里的食物一动也没动。他的眼神变得空洞、茫然，直愣愣地盯着我们。他失神时，有时只是眨个眼的时间，有时持续好几秒，有时妈妈得靠上去拍拍他的手臂。

"爸，"她说，"爸。"他这才一脸迷惘地回过神来。

"怎么啦？"他会说，"什么事啊？"

"神游到哪儿去了，爸？"

他眨眨眼，用仿佛是初次见面的眼神望着我们，然后摇摇头。

我们都温柔地看着他，对他微笑。妈妈摩挲他的手臂，他叹口气，眼神恢复清澈，大家这才笑开来。

"神游太虚吗？"她说。

"啊呀，"他轻声说，"啊呀，现在流行嘛，是吧？"

大伙儿都笑了起来，继续吃饭、谈天，尽量掩饰可能从眼神里泄露出的恐惧。

有些时候情况更糟，他会长时间坐在沙发上，或在桌边，全身松弛，眼神空洞。有一天放学后，我和妈妈坐在客厅，一齐观察爷爷：两分钟、三分钟、四分钟……他的眼神茫然空洞，直愣愣望着前方，一动也不动，既不像在注视什么，也不像在想心事。

"唉，天哪！"妈妈喃喃低语，"可怜的人。"

"也许他在回忆，"我对她说，"像他平常那样。"

"不，儿子，"她低声说，"他是在遗忘。"

我无语。我想起艾斯丘的洞穴，想起那天丧失意识、丧失记忆的情形。我望着爷爷，不由得颤抖起来，随着他坠入黑暗。我知道妈妈说的是真的。

第十五章　爷爷的心事

清晨，在厨房。金色的阳光照在窗口上，云层从海的方向聚拢起来。爷爷一个人坐在桌边喝茶。我囫囵吞下早餐，检查书包，东西都带齐了：昨夜做好的功课、铅笔盒、书本、装好的午餐，再检查口袋，摸到一直放在里面的菊石化石。

"我好像在追银孩儿一样，孩子。"爷爷说。

我转身望着他，握住他的手。

"那是一种怎样的感觉啊？我坐在这儿，一直使劲想搞明白那种感觉。"

我握紧他的手，看着他，听他说话。我想象他面对太阳的样子，他在山楂小路上漫步的样子，还有他大声唱歌、讲故事的样子。

"那种感觉就像你一个人在漆黑的隧道中追他，一个你从未见过的隧道，远远地在一群人的最前面，赶着去你想象中可以找到银孩儿的地方，结果什么也没有，只有黑暗，此外空无一物，于是你动弹不得，不知道怎么回去，你站得越久，四周越黑，最后终于被黑暗团团包围，你再也看不到任何东西，听不到任何声音，甚至完全失去知觉，什么都忘记了。"

我紧紧抓住他的手，仿佛这样就能将他永远留在我身边，留在光明的世界里。他把我的手都握在他的大手里，啜了一口茶，脸上露出笑容。

"对了，"他说，"抓紧我，让我们永不分开。"

"我真的明白你，"我说，"你其实什么也没有看到，什么也没有听到。"

"什么也没有。"

"你也什么都不记得。"

"什么也没有，当然什么都不记得。"

"在追赶银孩儿的时候，你其实一点也不害怕，可是醒过来时心里倒不安起来。"

"怕的是你会永远回不来，怕的是你会再离开，可是当

时……一点感觉也没有。"他耸耸肩，微微一笑说。

"回来的感觉就像在迷途中获救，像一群人带着灯火，在隧道中呼唤你的名字。"

他再次摇头说：

"人老了，就有这种困扰。你还小，不用想这些，不管你认为你有多么明白。"他说，"不过我会想办法帮助你了解一切的，如果你能明白是怎么一回事儿，你就不会那么害怕了，是不是？"

"是的。"我轻轻说。

他伸出一只手，用指尖轻轻拭去我的泪水。

"不哭，"他轻声说，"生活的风风雨雨我都经历过了，你也要面对你的一切。"

说着，他对我挤挤眼。

"你那个同学，"他说，"那个丫头。她不错，活泼开朗，精气神儿十足。多跟她在一块儿，孩子。"

第十六章　渴望死亡

那夜我几乎没合眼。四周都是小孩子咻咻的笑声和耳语声。我望向窗外，看到黑云低低地笼罩在石门上空，半点光也没有。爷爷在隔壁呻吟。我想为他祈祷，但是吐不出半个字。第二天早上，他沉睡不醒，就好像永远也不会再睡醒似的。妈妈端着一杯已经放凉的茶，坐在他床边。

"爸，"她柔声说，"爸，起床了。"我说我要陪她，但她呵斥了我："上学去，做你该做的事，上学去。"

我冒着小雨跑到学校。一整天乌云密布，上课期间甚至下起大雨，雨点打在窗棂上。我整天想着爷爷，想他一个人躺在黑暗中，躺在空无一物的虚无中。

上地理课时，多布斯先生对爱莉吼起来，骂她不专心听课。

"你或许认为地壳板块的结构与你无关，基南小姐，"他大声说，"那是因为你的脑壳板块还没有连接在一起的缘

故。你是一个混沌的世界,姑娘,你尚未完全形成,你仍处于板块分裂的状态。"

我看到爱莉眼中充满泪水,紧握着拳头,知道她恨不得把多布斯碎尸万段。

下课时,我们坐在走廊上休息,听雨声滴滴答答打在屋顶上。我想找机会告诉爱莉我爷爷的事,但她心中充满愤慨,只是一个劲儿跺脚揉眼睛,大声咒骂。

"恨死这个地方了,"她说,"恨死这里和这里的每一个人!也许我等不及他们撵我走,就会提早走。我要尽可能早点离开这里,到处流浪,自己谋生。"她抓住我的手臂:"你可以跟我走,基特,带个包袱去流浪,我们两个一起。"

"什么?"我说。

她撇着嘴笑起来。

"什么?你知道什么啊?你呀,量你也没胆,就算有,你也会把我逼疯的。是吧?是吧?是不是啊?"

我不由得恼怒起来。"你呀,"我说,"多布斯说得没错,你只想到你自己,你这个人,去你的!"

·旷野迷踪·

爱莉被气得跺着脚跑掉了。

上课铃响了,我匆匆赶到法文课教室,途中看见艾斯丘正在挨副校长钱伯斯的骂。钱伯斯说艾斯丘粗野、笨拙、弱智,有辱校风。艾斯丘背靠着墙壁,低垂着头,默默忍受着。我路过他们旁边时,他抬起眼,瞄着我。

"复活先生好吗?"艾斯丘喃喃地说。

"你说什么?"钱伯斯说,"你说我什么?"

"没说你,"艾斯丘说,我听到他语气中那深深的厌烦,"没有说你。"

法文课接下来是数学课,然后是午休时间吃味同嚼蜡的三明治,身边永远都是喋喋不休的老师和悲惨的学生。外面依旧下着倾盆大雨。室内、室外都是一片模糊的视线,心里只想着逃出去,逃回家看爷爷有没有好一点。我的手始终捏着菊石化石,它被埋藏在地下多少年,才得以重见天日?世间万物得在黑暗中等待多久才能重见光明?

接着是英文课,本宁·布什又把我的故事提出来讨论。或许我们应该画一些插画,她说。也许应该为它画一张彩色封面。她对着我微微一笑，问我有没有意见。

"好呀，"我说，"随便。"

她望着我。"好，"她说，"那我们下课后讨论。"

"好，随便。"我说。

她继续谈莎士比亚和乔叟，这时雨终于停了，乌云开始散去，微弱的阳光照射在一片汪洋般的荒原上。

"那么，"当同学们都陆续离开后，她说，"你想我们可以找谁来为我们画插画？"

我耸耸肩。

"或许可以找约翰·艾斯丘。"我说。

她睁大眼睛。

"他是个天生的艺术家？"她说。

我点点头。

"他是你的朋友吗？"

我又点点头。

她注视着我。

"一切都好吗，基特？"

"是的，谢谢！"

我望着窗外，看见大伙儿在校门外集合，爱莉也在，紧绷着脸。

本宁·布什滔滔不绝地说着，假如我们把插画扫描到电脑里，写上标题，下面再写上我的名字，那就成了一本书了。

我坐在那里听她喋喋不休地讲，外面艾斯丘和杰克斯的身影已经消失在荒原边缘。

"我得走了。"我说。

"抱歉，你说什么？"

"我得走了。"

"我还以为你会有兴趣。"

"我有，只不过……"

我正准备离开时，她抓住我的手。

"克里斯托弗，你怎么啦？你有什么事吗，孩子？"

"没事，"我不耐烦地说，"没事就没事。"

我摇摇头，挣脱开，拿起书包，抛下她匆匆离开。

国际安徒生奖儿童小说

为什么我不赶回家看爷爷？为什么我要赶着去玩那个叫"死亡"的游戏？当我和大家一起站在校门口时，我的内心升腾起一连串问号。我看到本宁·布什从窗口望着我们。您在看什么？我想大声对她嚷嚷，跟您有什么关系？我告诉自己，回家，回家！但我只是默默地站着，一言不发，两眼望着地面，努力压抑着心中对回家可能见到的后果所生的恐惧。我有个冲动，渴望接触我爷爷熟悉的黑暗，渴望再次感受上一回玩死亡游戏时在山洞中找到的黑暗。

爱莉并不看我，队伍出发了，涉水走过潮湿的土地。

草地上积着一摊摊雨水，白雾状的水汽从地面升起来，在微弱的阳光下漂浮，冷冷的微风从河面吹来，灰色的云层低垂着，从荒原上空缓缓飘过。脚踩在水中噼啪作响，裤管很快就湿了，大伙儿都一言不发。到了潮湿的长草区，大家默默地停下来等候。直到杰克斯叫了起来，艾斯丘的手从洞穴中探了出来，又拉开洞穴门，我们才一个挨一个，鱼贯进入潮湿的洞穴。大家蹲在地上，一摊浅水淹到我们的脚踝。我望着爱莉，她的眼睛仿佛在对我说：你，你快

· 旷野迷踪 ·

把我逼疯了。你得靠你自己了。我扭头看到自己的名字，克里斯托弗·沃森已经被刻在墙上的一长列死亡者的名单中。啜一口水，吸一口烟，看着刀子转动。是我，不是我，是我，不是我，是我，不是我……我知道又会是我，刀子停了，指着我的脚。我握住艾斯丘的手，跪在水中，匍匐在水中，听艾斯丘轻声细语，看着他的眼睛，感到他在抚摸我。这不是游戏，你是真的要死了，这是死亡。我猛然瘫倒在水中。黑暗。失去知觉。

第十七章　布什老师打断了游戏

然后，一切都结束了。

黑暗中，我听到有人喊我的名字，一遍又一遍：

"基特！基特！基特！基特！"

灯光照在我脸上，有人抓住我的肩膀摇晃着。水珠溅到我脸上。

"基特！基特！基特！"

我睁开眼睛。

本宁·布什蹲在我身边，她跪在浅水中，火红的头发在灯光下显得更耀眼。

"基特，"她语调比平时还要温柔地说，"基特。"她轻抚我的脸，把手放在我的腋下，想把我从地上拉起来。

在她身后，几张脸蛋正趴在洞口往内看。

"这是怎么一回事？"本宁·布什柔声地说。

我无法开口。我看到爱莉正挣扎着往里面挤，脸上露出绝望的表情。

"不要叫醒他!"她大叫,"不要叫醒他,笨蛋本宁·布什!"

眼泪哗哗流下她的脸颊。"不要叫醒他!"她大声说。

本宁·布什继续把我从地上拉起来。

"起来,"她说,"起来,醒醒,基特·沃森。"

她抬头怒气冲冲地望着洞口那一张张脸。"这是怎么回事?"她大声说,"发生了什么事?"

那些脸蛋不见了,只剩下爱莉仍留在原地演主角,不断啜泣。

"过来帮我。"本宁·布什说。

爱莉爬进来,两人搀着我站起来。我的双腿像铅块一样沉,我什么也不记得,只知道一片黑暗、虚无。我听到细碎的声音,哧哧的窃笑,看到骨瘦如柴的身体在我的视线边缘若隐若现。我一再回头,想把他们看真切一点。

"基特!"本宁·布什说,"来,基特!快醒醒。"

他们扶着我走出山洞,重见光明。

我望望四周,孩子们四下散开,纷纷逃回家去。

本宁·布什一个一个点名。

"丹尼尔·夏基,"她说,"博比·卡尔,路易丝·麦考尔……"

我们坐在地上休息,本宁·布什脸上露出怒容。

"这是怎么回事?"她生气地问。

爱莉又是捅我的脸,又是捅我的头发跟肩膀。

一个黑色的结实身影和一条狗正沿河边向远处移动。

"还有约翰·艾斯丘,"本宁·布什轻声说,"我早该想到,什么事都少不了约翰·艾斯丘。"

第二部
冬　天

　　黑暗的洞中,我们侧耳细听,同时听到那些孩子在树枝的噼啪声和烤兔肉的哧哧声中低语。

　　我们抬起眼睛,看见他们在烟雾中若隐若现,可怜的孩子从往昔窥视着我们,其中包括银孩儿。

第一章　艾斯丘被开除了

次日，除了一个人之外，我们全都到钱伯斯的办公室报到了。他面前是一份本宁·布什的报告，还有写着每个人名字的名单。他望着我们，表情困惑，仿佛不认识我们似的。他说他十分不解，我们如此年轻，前途光明，为何会那么喜欢待在黑糊糊的地方？"让我向你们的家长如何交代？"他说，"你们又如何向我解释？"办公室外面，荒原上开始结霜了，越过钱伯斯困惑的脸，我偷偷朝窗外望出去。

白色的地上有个黑色的身形，在白色氤氲的空气中踽踽独行，是艾斯丘在外面。他穿着一件厚重的外套，黑色的呢帽低低的压在头上，腋下夹着素描簿，杰克斯跟在旁边。

"沃森！"钱伯斯大声呵斥，直盯着我，"你难道不能专心听我说话吗，孩子？"

我从艾斯丘身上收回目光。有几个孩子正在解释我们的游戏:我们如何玩,如何装死,如何复活。后来钱伯斯问到艾斯丘,他们都说是艾斯丘发明的游戏,是艾斯丘挖的洞穴,博比甚至哭起来,说我们没办法,说艾斯丘很邪恶,他诱惑我们,威胁我们,说我们都被他下了迷幻药。丹尼尔与路易丝也点头附和。

"是的,"他们小声说,"我们都不由自主,艾斯丘就像魔鬼一样,我们都被他的咒语控制了。"

他们低着头,宣称以后再也不跟艾斯丘接近了。

爱莉咂了下嘴巴。

"什么事,爱莉?"钱伯斯说。

"什么啊,"爱莉说,"胡说八道。这不过是个愚蠢的游戏而已,艾斯丘也不过是个老粗,穴居人。至于说魔鬼嘛,更是荒唐!"

钱伯斯沉吟了一下。

"要小心,"他自言自语道,"这个世界仍然有魔鬼这种东西,越不相信的人,越有可能遭遇危险。"

他翻了一下记事本。

"克里斯托弗,"他说,"你还没说话。"

我耸耸肩。"不是那样的,"我说,"艾斯丘不是魔鬼。每个人都有优点,艾斯丘也有,他只是和我们不一样,而且那只是一个游戏。"

钱伯斯摇了摇头,继续写他的东西。

"你们都还小,"他说,"天真无邪。我们有责任保护你们。你们必须了解,有些人确实会引导他人陷入危险。"

他挨个注视我们,说董事会会决定如何处理我们。

"我想我们的艾斯丘先生会被开除,"他说,"你们千万要记得,不可以再跟着他去荒原。"

离开办公室,我发现博比在瞪着我。

"看什么?"我说。

"是老师把你叫醒的。"他说。

爱莉咂了咂嘴。

"活死人,"博比说,"艾斯丘说的,他说你会变成活死人。"

爱莉掐住他的脖子。

"你这个窝囊废,"她说,"你知道吗?如果有人是魔鬼,或者是活死人,那个人就是你!"

说完,一把将他推开。

几天过去了,艾斯丘被学校开除,我们都被记了过,并且被警告不得用我们的故事去蛊惑校内的低年级同学。我们站在学校操场旁,看着推土机越过荒原,将洞穴填平。

一天下课时,本宁·布什叫住我。

"你还好吧,基特?"她说。

"是的。谢谢您,老师!"

"你那天把我吓坏了,你知道吗?"

"我知道,对不起,老师。"

"你有丰富的想象力是件好事,"她说,"但它也有可能使人沉迷不能自拔,尤其是你还这么年轻。"

"是,老师。"

"千万要小心,啊?"

"是,老师。"

"继续坚持写作,好吗?"

"是,老师。"

她微微一笑。

"写就好,不用急于写完整的故事,基特。能把东西写出来就好。"

家里的反应很温和。爸爸妈妈只谈奶奶的死和爷爷的病。他们说,重要的是这个游戏结束了,那个可怕的艾斯丘走了。爸爸甚至开玩笑,提起他小时候深夜在墓园的纪念碑旁跳舞的游戏。

"我们总是讲一些鬼故事把自己吓得半死,奇怪的是,我们喜欢被吓,就好像我们受到驱使去玩那个愚蠢的游戏一样。如果再进一步,说不定就演变成你们那种游戏。"

他摇摇头。

"其实就是小孩子的游戏,是吧?不过,这一切都过去了,你也得到了教训。以后再也不会去做这样的事了吧,是不是?"

我也摇摇头。

"不会。"

爸爸妈妈原想对爷爷隐瞒这件事,但爷爷还是知道了。一天,我在读书时,他走进我房间,在我身后的床边坐下。

"惹麻烦了?"

"嗯。"我说。

"会过去的。不管什么事,就有这个好处——总会过去。想不想告诉我?"

我耸耸肩。

"没什么,"我说,"一个游戏而已,出了点差错。"

"好吧,孩子。"

他从我身后瞄了一下桌面:"今天有什么功课?"

"地理。讲地球的几个大陆板块从前曾经连接在一起。"

"真的吗?"

"是的,它叫泛古陆,后来几个大陆板块分开了。"

我拿地图给他看,告诉他,几百万年以前,地球是怎么一个模样,后来地壳又如何变动褶曲,如何持续变动、重组。

爷爷微笑起来："你还有很长的路要走，孩子。"他随即站起身来，往门口走去，"而且还要记住，"他说，"希望你不要以为我是个糟老头，认为我不明白，就不想告诉我。"

我望着他。"不会的，爷爷。"我说。

我没告诉他，其实我觉得他比任何人都更明白事理。

第二章　爱莉成了乖学生

冬天的脚步更近了。地上结了一层霜，河面也结冰了，窗子上结满白色的霜花。爷爷还是经常在他的黑暗世界里进进出出，有时他会眼睛发亮，屋子里到处可以听到他的歌声；有时他会忽然发呆，用空洞的眼神定定地盯着寒冷的世界。爱莉每天早上来找我一起上学，那时她总是站在台阶上等我，头上戴着红色的小羊毛球帽，围着绿围巾，身穿红外套，口中喷出一团团白色的雾气。精神好的时候，爷爷会站在厨房里笑着喊她小坏丫头。

"红配绿！"他大声说，"红配绿，狗臭屁！"

爱莉会笑着说："走吧，沃森先生，咱们快离开那个坏老头！"

空气冷得刺骨，人行道上结霜也结冰，我们说话的声音闷闷的，好像被寒冷的空气给封住了似的散不开。爱莉的鞋跟敲得地面山响，四周不断有人声、脚步声传来，朝学校的方向聚聚。校门口通常会有一群低年级学生聚在一起，对我们那些参加过死亡游戏的人指指点点，不断扩大着谣言。有时爱莉会突然冲到小孩们面前，嘶嘶地叫着，做出张牙舞爪的样子，吓得孩子们嬉笑着四散而去。小孩喜欢有人这么吓唬他们。

"我今天还会好好表现的，"每当我们走到教室门口时，爱莉总是抬头挺胸地说，"和昨天、还有前天一个样。"她咯咯地笑着："做个好学生。好的，多布斯老师。不要啊，多布斯老师。你说大裂谷，真的吗？那太神奇了，老师。请再给我们多讲一些吧。"

日子就这样轻轻松松地过去，上课、记笔记、回答问题、提出问题。水蒸气沿着窗玻璃滑下来。教室外，阳光从雾气中轻轻筛过。每天早上，隔夜的寒霜逐渐软化，到了向晚，又开始顽强起来。爱莉果真如她所说，在课堂上说了"是，多布斯老师。不要啊，多布斯老师"之类的话。她还赞美大裂谷太神奇，以至多布斯先生睁大了眼睛不住对她微笑。

"嗯，基南小姐，难得你改过自新，我们对你期望很高。"

"天哪，基特！"当我们在微暗的光线中，走在放学回家的路上时，爱莉说，"当乖学生真无聊，不是吗？"

我们常在黄昏时分看到艾斯丘带着杰克斯穿过荒原。

"他会冻死的，基特，"爱莉说，"他会变成冰块。"

"日子真无聊，"我说，"不过，也许我们前阵子过得太刺激了。"

"真希望能再来一次。"她喃喃地说，把头往后一仰，对着昏暗的天空喷出一大口白雾。

第三章　艾斯丘送来一幅画

又一个清晨，荒原上的寒霜和冬雾更浓了。天刚破晓，冬更深了。距离洞穴事件已有几个星期，这段时间日子平静而祥和，却又因为爷爷的病所引发的不安而蒙上一层阴影。我们被告知，有一天，也许不久的将来，他必须离开我们，我们再也不能照顾他了。

我们调高暖气的温度，窗外也不再长出鲜花和羊齿植物。外面的世界荒凉极了，水蒸气在一瞬间凝结成成千上万的水珠子。

爷爷坐在饭桌旁喝他的早茶，他脸上含笑，沉浸在回忆里，一边哼着他的歌谣：

当我年轻力壮好儿郎，
嘿，嗨，我好采……

唱着唱着,他眨眨眼,抬起头来说:"有一年啊,冷极了,冷得过瘾哪,一连结了几个月的冰,巷子里和草原上都积了很深的雪。对了,河水也结冰了。你信不信?真的,和我坐在这儿一样,千真万确,孩子。"他对我微笑着说,"没错,棒极了。白天太阳出来,那天就亮得像天堂,到了晚上,霜啊、雪啊、冰啊在星空下闪闪发亮。多明亮的夜啊!"

妈走进来,摇了摇头。

"又是那个老掉牙的故事,"她说,"那天你和约翰尼·夏基与科尔·格兰走到河对岸又走回来?"

"哈,你听过了,是吗,宝贝?一遍或两遍?告诉你,一路上我们不断地滑倒、摔跤。"

"然后发现雪人站在河中央,还溜冰……"

"哈,正是,正是,一连好几个月冷得半死。"

爷爷说着,不觉露出笑容。妈对我挤挤眼,轻抚着他的肩膀,温柔地在他头上亲了一下,然后上楼。

"可要当心,"他说,"也很危险,特别是春天来临时。

有一年冰雪开始融化时，一个小男孩给淹死了。他和一群小孩坐在冰橇上滑冰，可怜的孩子，就这样没了，眼看着河中央的冰裂开一个口子，越开越大，河水又开始流动了。"他沉思一会儿，"好日子，好日子，不过，啊呀，春天可是危险的呀！"

廊外的信箱发出声响。

"邮递员来了！"他说。

门垫上躺着一个棕色的信封，上面用拙劣的字迹写着"基特"，没贴邮票，也没写地址。我慢慢拆开。

那是一张深黑色的炭笔素描。画中可见一条矿井隧道，几名矿工弯着腰在挖煤，戴在他们头上的灯，投射出一道道圆锥状的光线，在他们身后有一个穿着短裤长靴、一头浓密头发的男孩，他侧着头往图画的外面看去，姿势像是要拔腿开跑。他就是银孩儿。

画的背后用拙劣的字迹写道："为你的故事而画。"

我将图画翻转过来面对爷爷。

"银孩儿！"他说，"正是他！"他低下头仔细看了一会

儿,"啊,正是他!"

"这是约翰·艾斯丘画的。"

"他知道银孩儿,从他爷爷那里知道的,错不了。可怜的孩子。"

我往窗外看,只见艾斯丘已经走远,玻璃窗上的水痕扭曲了他的形象。

"他读了我交到学校的故事,"我说,"他为那个故事画的。"

"聪明的孩子,"爷爷望着我,"我以为他退学了。"

我耸耸肩:"我想是吧。"

妈进来拿起画看了看,赞美画画得好,接着忽然明白了什么,问:"是约翰·艾斯丘画的?"

"是的。"

"但愿他不会以为他可以用这种东西收买任何好处。"她说着,把画放回桌上。

"唉,是啊。"爷爷笑着说。他伸出手,用指尖去摸画中发亮的男孩:"这个是小银孩儿,对吧?"

· 旷野迷踪 ·

我走上楼,将画放在我房间里,挂在我的素描旁边。忽然听见妈在楼下叫我:

"基特,爱莉来了!"

第四章　夜会艾斯丘

那天下午，我独自出门，翻过围墙。暮色渐渐聚拢，几十个孩子在外面玩耍。有人带来三个提灯搁在地上，孩子们就在微弱的灯光中滑冰，互相撞来撞去，摔个四脚朝天，然后尖声大笑。

"基特！"有人大声喊，"过来玩！"

接着传来一阵尖叫："啊……哈哈哈！"

我哆哆嗦嗦地走过去，结了霜的草在我脚下发出清脆的碎裂声，对岸房舍的灯光映在流速缓慢的河水中；随着天色渐暗，天上的星星也越来越亮。没有月亮。我低头看，真的看见河边的水正在慢慢结冰。够冷的了，我心想，冻死了。

我闭上双眼，想象爷爷小时候在河面上滑冰，不由得微笑起来。这时，我忽然听到有人低语，旁边还有咻咻的笑声。我睁开眼睛，什么也没有。

"谁？"我低声说。

我紧盯着黑暗，用力眨眼，又听到低低的絮语。

"谁？"

这时，不知从哪里忽然传来一阵狗的低狺和一阵低沉的说话声。

"坐下！"

"艾斯丘？"我小声说。

他从暗处现身，那只狗蹲在他旁边，比黑夜更黑。

他就站在距离我几码的地方。我的呼吸急促起来，心跳加快，我把手伸进口袋，摸到那枚菊石化石。

"我看到你的画了。"我说。

他模糊地说了些什么。

"画得很棒。"我说。

他紧紧抓住狗的颈圈，它的白牙在黑夜中闪闪发亮。

"我知道。"

"我挂在墙上了，艾斯丘。"

"你这家伙，"他说，"你真该死。"

"我怎么了？"

"你这家伙,模范生,不会融化的奶油先生。"

"什么啊?"

"什么啊?你不知道吗?都是你害的,老师的奴才。"

"不是吧?"

"都是你把老师引来的。"

艾斯丘靠近我,抓住我的衣领。

"你有什么能耐,让每个人都抢着保护你?"

我们互相盯着对方。

"我不懂你的意思。"我说。

他愤怒地吼了一声,狗在他身边用低低的咆哮声附和着。

"我真想让杰克斯把你撕成碎片。"他说。

"艾斯丘。"我叫着他的名字,实在不知道说什么好。

"你这家伙,"他说,"你这家伙,还有那个漂亮的笨妞。"

我想挣脱他的手。

"放开我,"我说,"你弄……"

他抓得更紧了,紧得我都快无法呼吸了。艾斯丘怒目圆睁,眼露凶光。

"你想干吗?"我低声说。

"我想干吗?没有,什么也不想干。"

但他把我抓得更紧。

"基特·沃森,"他轻声说,"基特·沃森,十三岁。那是什么滋味?"

"什么啊?"

"什么啊?你不知道吗?活死人。那是什么滋味?"

"没有任何人死过,"我说,"全都是胡说八道。"

"是吗?"

他又发出低沉的吼声,并企图以手劲伤害我,用眼神吓住我,但我也感觉到,他的手是在攀附我,他的眼神同时也充满渴望。是艾斯丘需要保护,艾斯丘需要爱。

"你大可以成为不同的人。"我说。

他嗤之以鼻。

"你可以的,"我说,"你的画很精彩,你却自暴自弃。你太傻了。"

狗低狺着,试图挣开束缚。我们默默看着对方。

国际安徒生奖儿童小说

"说话小心点,"他说,"你给我小心点,基特。"

我又听到四下传来模糊的低语,沉重的吸气声。

从视线边缘,我看见黑暗中有一群孩子蹲在地上看我们。我将视线从艾斯丘身上移开,投向他身后,不断眨眼。

艾斯丘忽然笑起来,从喉咙深处发出一种低低的笑声。

"哈哈,"他说,"有些人是看得见他们的,有些人是看不见的。你比你知道的更接近我,基特·沃森。"

"我知道。"我看着他的眼睛说。"我们接近的程度,超出任何人的想象,"我说,"我知道我们可以做朋友。"

他听了这句话,立即将我推开。

"朋友!"他满脸不屑,"去你的朋友!"

然后他带着狗离开了。

"是的,"我在他身后轻声说,"约翰·艾斯丘,十三岁。他的朋友克里斯托弗·沃森,十三岁。"

我在原地站了一会儿,仔细听着,努力眨眼在黑暗中搜寻,然后才匆匆地赶回家,在那个时候我的四周围全是骨瘦如柴的小孩。

第五章　泛古陆地图

"天哪，基特，真麻烦！唉！"

"来吧，"我说，"我们一起做。"

爱莉重重地瘫坐在椅子上，叹了一口气。

我们正在厨房桌上研究泛古陆地图，我们必须搞清楚如何说明地球各大洲演进到现今模样的过程。我仔细研究地图，试图弄明白非洲与美洲沿岸，以及印度与非洲海岸的吻合情况。我还阅读了各大洲及板块如何经过地壳运动各自分离，最终成为现在的局面的相关资料。

"有了，"我忽然灵机一动说，"其实很简单。"

我开始将各大洲从地图上剪开，准备等一下再将它们拼合。

爱莉在一边咂嘴，一边修指甲，还不断地叹气。

"谁要知道这些？"她说，"谁要知道好几百万年前的历史？"

我不理她,继续剪开地图,再将它们拼在一起。

"沃森先生,"她说,手指头在桌上有节奏地敲着,"沃森先生在研究历史,沃森先生在追本溯源。"

"别这样,爱莉。"

"很好,"她模仿多布斯先生的口气说,"非常好,克里斯托弗,你知道各大洲仍在继续分离吗?分离的速度很缓慢,也许跟我们的指甲生长的速度一样慢呢!你知道吗?很好,克里斯托弗真是个好学生,你们应该多多向他学习。什么事,克里斯托弗?啊,你将来也想当地理老师?太好了,太好了,我们应该找个时间好好谈谈,我会把我的经验告诉你。爱莉·基南!不要做白日梦,丫头!找点事做。是的,多布斯老师,好的,多布斯老师。泛古陆地图,真的吗?那太、太有意思了。"

说着,她自顾自咯咯笑了起来,"天哪,基特,真无聊!是不是啊?"

泛古陆地图做好了,我又检查了一遍,几个陆块都拼在一起了。

"真奇妙,"我说,"一直都以为地球是个实体,而且固定不变,不料却发现原来是这样的。"

"了不起,沃森先生。"

"不管怎么说,做好了。"

"谢天谢地,多布斯会很高兴,是吧?"

爱莉开始收拾书包,"你从来不希望这一切赶快结束吗?"

"什么啊?"

"什么啊?学校、课本,还有功课。这样才能早日进入社会,做好准备。"

"大概吧。"

爱莉笑了。

"那个坏丫头还在这儿吗?"爷爷在客厅大声问。

"是的!"她大声回答,"她还在这儿!"

"把我的孙子整得团团转,我敢说!"

"啊呀!而且转得头发昏!"

"哈哈哈!好个丫头!好个坏丫头!"

爱莉跟着咯咯笑着,扮了个鬼脸。

"当然是了。不过,还是很无聊啊,老爷子。"她说。

她站起来,将书包甩到背后,"明天早上见?"她说。

"明天早上见。"

爱莉低着头,做出娇憨状,脑袋上上下下点着,口中缓缓叨念着:

"明天见……明天见……明天见……明天见。"

她尚未走到门口,隔壁忽然传来重物落地的声音,接着是妈一迭连声惊恐的呼叫。

"爸!"她大声喊道,"爸!噢,爸!"

第六章　爷爷病倒了

爷爷瘫软在地上，头往后仰，搁在沙发上，脸色灰白，双眼圆睁。妈跪在他旁边。

"爸，"她柔声说，"不要紧，爸，保持冷静，不要紧。"

父亲已经在打电话。

"快呀！"他急切地对着话筒喊，"快接电话，快接电话！"

见我走进来站在一旁，他冲我挥了挥手："不要紧，儿子，爷爷不会有事。快呀，接电话！"

我转头去看爱莉，她也跟着来到门口。

"基特！"她小声说。

"接电话呀！"爸喊着，"接电话！"

爱莉看着这一切，眼泪簌簌流下来，就像她从洞口往下看我一样。

第七章　又见银孩儿

那天晚上，银孩儿来了。那时医生早已回去，爷爷早就被抬上床，我也早早上了床。月光从窗口照进我的房间，没多久又被遮去一大半，然后开始下起雪来。我躺在床上，久久不能成眠，只有眼睁睁地看着雪花在窗棂上慢慢增厚。

忽然，在视线的边缘，有个东西闪了一下，像丝一样的东西。我屏住呼吸，"谁？"我悄声问。没有动静。接着再闪一下，又没了。我闭上眼睛，看见那个男孩从我旁边跑开，亮晃晃地往隧道深处跑去。

"他在那里！"我喊道，"追他！追他！"

我拔腿跟着跑。漫长的隧道没有尽头，一直伸展到地心。我心里正想，他快失踪了，他却再次出现，可一眨眼又不见了。我跟在后面，一会儿失去他，一会儿看见他，一会儿又失去他。这是个穿短裤长靴的金发少年。我一直跑，跑进无边的黑暗里，但是看不见他的踪影，然后他又

· 旷野迷踪 ·

出现了。

"他在那里！他在那里！"

他停下来，转头看我，我们的视线相遇，我喘着气，知道他在等我，他在引领我。他又拔腿开跑，跑进无止境的黑暗中。四周黑漆漆的，只有他偶然的惊鸿一现。除了我如雷的心跳声、喘气声和沉重的跑步声，四周悄无声息。我们跑了一个世纪，一百万年，从神秘的、无人知晓的隧道深入地底。一个男孩在前面跑，一个男孩在后面追，四面八方伸手不见五指。然后是最后的一瞥，他就此消失了。我在哪儿？深入地底，深入黑暗中，孤单一个人。我伸出双手，一寸寸往前摸索，寻找出路。我的足尖往前探，脚下踩到的是坚硬的土地。什么也没有，什么也看不见。然后我摸到他，有个人站在我身旁，我摸到他的肩膀、他的脸、他冰冷的脸颊、圆睁的眼睛。"爷爷，"我轻声喊。没有人回应。他一动也不动，全身僵硬。"爷爷。"我摸索着靠近他，抱着他。"爷爷，不要紧，爷爷，别怕，很快就没事了。"

我紧紧抱着他，似乎有好几个小时，又似乎有一百万年，直到终于听见隧道中传来脚步声，看见远处出现灯光，听见来寻找我们的人的喧哗声。这时爷爷叹口气，摇了摇头。

　　"他们来了，"他轻声说，"我们没事了，孩子，他们来了。"

　　我睁开眼睛，发现天色已微微发亮，窗棂上积了厚厚的一层雪，大片大片的雪花仍继续飘过窗前。

　　"爷爷。"我低声喊着。

　　我把脸贴在墙上，听见爷爷在隔壁的床上翻动的声音，然后是他微弱的歌声：

　　　　当我年轻力壮好儿郎……

第八章　布什老师的作业

天空下着雪，一丝风也没有。片片雪花从灰白低沉的云层飘下，落在花园里、小径上，堆积在屋顶，给大地铺上一层厚厚的白地毯。雪人出现了，煤块做的眼睛，胡萝卜做的鼻子，咧嘴笑着，露出小石子排成的牙齿。雪坡又长又宽。孩子们坐在雪橇上，或临时用塑料板、塑料桶做成的简易雪橇上，嘻嘻哈哈地由大人拖着跑过雪地。

每天清晨醒来，都能看见一层清净洁白的新雪，而最快乐的事，莫过于一大早，抢先翻过围篱，在洁白无瑕的雪地上印上第一个足印。我也喜欢和爱莉一路踢着雪上学，听她在寒冷的空气中冻得闷闷的笑声。我们团起又大又白的雪球，把雪球投掷在围墙的门柱上和房舍墙壁上，听它们轻柔的撞击声，或者和旁边一起上学的小孩打雪仗。到处都能看到雪球以抛物线飞进寒气逼人的半空，又以抛物

国际安徒生奖儿童小说

线回归大地。

爱莉穿着鲜艳的衣裳在雪地上手舞足蹈,将四周踢出一片白茫茫的雪雾,还抓着我的手臂,又推又拉,硬要我加入,结果两人都摔倒在地上,在雪地上留下我们身体形状的印子。有时我们仰着头,张开嘴,让雪花在舌尖上轻轻融化,然后相视而笑,继续手舞足蹈。我们的手冻得发麻,脸冻得发麻,心脏也因为太快乐而有一种麻酥酥的感觉。

连多布斯也兴奋起来。他将泛古陆地图放在一旁,给我们讲开了冰河时期的事。他说巨大的冰河从北方慢慢出发,覆盖了地球表面,将河谷变成高山。他告诉我们,我们的祖先在地球表面气候变得极为寒冷、生存的环境被冰雪完全冻结时,陆续移居南方。当时的世界是一片雪白,他说,一个冰冻的世界。

本宁·布什也告诉我们,我们的祖先往南方迁移时,如何以洞穴作为栖身之地,又如何敬畏地围绕着神奇的火焰。她说,或许这就是人类文明的起源。

· 旷野迷踪 ·

"想象一下,他们蹲在火堆旁,熊熊的火焰冒出阵阵浓烟。他们在山壁上画出野兽的图案,有巨大的长毛象、野牛、老虎和熊,都是他们最害怕的野兽。他们也画人类的形体,小小的、脆弱的男人,女人和儿童,栖身在一个巨大的、恐怖的世界。试想他们当中有一个人,比如说故事的主人公,他身上穿着兽皮,披头散发,皮肤被烟熏得焦黑。他拿着一根燃烧的火把,'且听我说,'他对其他的人说。听众都围了过来,靠近火把,圆睁着眼,热切地盯着他。他举起火把,照着山壁上的图案,野兽、恐怖的世界、渺小的男人、女人和小孩,顿时都在他们眼前摇曳起来。'且听我说,'他说,'我要告诉你们一个勇士的故事,他在冰冷的世界里不断追寻,与熊搏斗,他曾亲见太阳神的样子,他的名字叫拉克……'"

本宁·布什说到这里停下来,注视着我们。

"这就是你们这个星期要写的故事,"她说,"开头第一句:他的名字叫拉克。"

我拿起笔,开始寻思如何写下去。

国际安徒生奖儿童小说

　　他的名字叫拉克……

我在纸上写下这一行字。

第九章　再次夜会艾斯丘

夜晚。几天以来第一次云开雾散。我爬到矮墙上，天上铺满星星。我抬头看天，找到大熊星座和猎户星座。飞机闪烁着灯光，在星座下方移动。一颗流星倏忽坠入河中。我踩在雪上，雪是脆的，易碎而冰冷。外面有很多人在生火，他们找来许多木块、木盒、板条箱，把它们丢进火堆里烧，大家围坐在火堆四周，就着灰烬烤马铃薯，说笑话，或说鬼故事互相吓唬。荒原上到处可以见到火光熊熊的火堆，旁边蹲着一群群烤火的孩子。

"基特，"当我经过其中一处火堆时，一群孩子叫住我，他们纷纷扬起渴求的脸庞，"过来把那个故事再给我们说一遍，基特。"

我笑道："等会儿。"

我继续往前走，越接近河边的地方越黑，借着星光和河对面房舍的灯光，隐约可见结冰的河面正从河岸附近向

河中心延伸，冰雪即将占据整个河面。像这样从河岸开始结冰，到整个河面完全被冰雪覆盖，大约需要多少时间？我弯着腰注视河面，忽又听见四周充满絮絮的低语，眼角中瞥见无数孩子的身影忽隐忽现。我眨眨眼睛，看见一个瘦削的身影，看见两颗圆滚滚的眼珠正在仰望天上的星光。

或许我早就知道艾斯丘会在这里，因为当我听见他的声音，当我从眼角余光中发现他低头在河畔徜徉时，一点也不感到意外。

"坐下，"艾斯丘低声对他的狗喝道，"别动。"

四周一片寂静，只有河水缓慢轻柔的呜咽。远处偶尔传来几声嬉笑声。

"艾斯丘。"我招呼他说。

没有回应。我靠近他，小声喊他，仿佛他是一只受伤的野兽，会攻击人，却又急需抚慰与关爱。

"艾斯丘，"我轻声喊着他，"艾斯丘。"

他叹口气，口中咕哝着些什么，拉紧衣领，又把呢帽扯低一点。我靠近他时，他身边那只狗不安地动了动。

"你这样会冻死的。"我说。

他又咕哝了一句什么。

我们默然无语了一会儿。

"你一整天都在干吗?"我说。

他咂了咂嘴巴。

"你看到结冰没?"我说。

他没搭腔。

"有一次河面结冰,"我说,"有人从这面走到对岸,结果冰雪融化,把一个小男孩淹死了。"

他还是不答理我。

"艾斯丘。"我说。

他又把帽子扯低一点。

"你这样会冻死的。"我说。

"你这家伙,"他低声说,"你这家伙和那个漂亮的笨女生。"

"怎么了?"我问。

他不理我。

我们一起望着河水和冰雪。我感觉一股寒气慢慢爬进我体内，渗透到我的骨头里。我看见天上的星星在黑暗中注视着我，听到荒野中古代小孩们浅浅的呼吸声、絮絮的耳语，不禁打了个寒战。

"我又写了一些故事，"我说，"你可以画插图，我们可以成为搭档。"

艾斯丘哼了一声。

"搭档，去你的搭档！"

"你那天画的插图非常棒。"我说。

他低下头，盯着地面。我从那只狗的眼睛里与尖牙上看到闪烁的星光。

"最近，"我说，"我梦到他了，我梦到我和银孩儿在一起。"

一阵长长的沉默。

"总是这样，"他说，"你把梦中的情景画出来，然后又梦到画中的情景。"

"那也是故事中的情节。"

我们又沉默起来。只有瘦削的身影若隐若现。

"你看得到他们吗?"我低声问。

"谁?"

我眨眨眼,看着那些古老矿井里的小孩黑暗中的黑色侧影,星光照亮他们的眼睛和皮肤。

"他们。"我说。

艾斯丘笑了,转头对着暗处。那些瘦小的身子蹲在地上,大睁着眼睛。我能听见那些孩子的呼吸声。

"不止他们,"艾斯丘说,"还有很早以前发生的事。你的死人眼睛将来总会看见的,基特·沃森。"说着,他迈步上前,"我来这里就是找你,我要干掉你,把你扔进河里,让杰克斯咬死你。"

"艾斯丘,哥们儿,你为什么这么想?"

"为什么?因为我想。因为本来一切都很如意,直到你出现。是你把老师给引来的,是你使我们的游戏被迫结束,害得我被学校开除。"他大笑着说,"可是,说不定这样反而更好,说不定我其实就是这样打算的,说不定你反而帮了我一个大忙，基特·沃森，你把我往黑暗处更推进了一些。"

我听见他的呼吸急促起来，身体也随之颤抖。我靠近他，发现他的身体还是像原先一样高大壮实。他怎么会这么强壮呢？

"你为什么不回家？"我说，"你待在外面会冻僵的。"

他不吭气。

"马上要离开了，"他说，"我和狗，要走了。"

"到哪儿去？"

"无所谓，哪儿也不去，哪儿都去。死人早晚会醒过来，我们也早晚都会消失的。"

"艾斯丘，天哪！"我说。

他沉默起来。

"我会带个故事给你，"我说，"像你带画给我那样。"

他哼了一声。

此时，天越来越冷了，我觉得冰雪一直冷到骨子里。

"我会的。"我轻轻说。

"银孩儿。"他忽然说。

"什么?"

"什么?那个银孩儿,我也看得到他。他现身给我们两人看,基特·沃森。"他没转身,只是前倾着身体,面对河水,"你我相像程度超出你的想象。"他说。

"我知道,我说过我知道,所以我们应该多接近,不是吗?"

"接近!嗯,也许。不过得由我来选择时间和地点,那时我们再来看看基特·沃森是不是真的有胆量和约翰·艾斯丘接近。"说完,艾斯丘呸了一声,转身走开。

"我会选在很深很深的黑暗里,"他喃喃地说,"那里一个人也没有,只有约翰·艾斯丘、基特·沃森以及许多许多死人。"

我目送他消失在黑暗里,这才转身走回家,身后传来模糊的低语声。雪在我脚下发出清脆的碎裂声,小孩子们都已经回家了,旷野中只留下尚未烧完的灰烬。

一颗流星划过天际,落在石门的中心。

第十章　冰河时代的拉克

他的名字叫拉克，十四岁，身上穿着被他亲手猎杀的熊的熊皮。他的脚上包着鹿皮，手上握着一把他爷爷留给他的石斧。他的怀里紧紧缠着奶娃达尔，他的狗卡力就跟在他身旁。此刻，他正蹲在岩石上，注视着脚下结冰的河水。到处都在结冰，河谷、山崖、石缝，他的发际、眉梢。放眼望去，一片冰天雪地，上面是光秃秃的岩石，底下是雪白的冰凌，在清晨的阳光下闪闪发亮。拉克受不住强烈的光，眯起眼，四下张望，希望能发现一丝人烟，借以找到他失散的家人。但他什么人迹也没看见，只有雪白的冰、黑色的岩石、广袤的蓝天，以及斜挂在天际一隅的黄色的太阳。

拉克扯开喉咙喊起来："啊……"

他的声音撞上冰雪和岩石反弹回来，随着地形，由高亢慢慢减弱，一直传到河谷：

· 旷野迷踪 ·

"啊!啊!啊!"

那狗抬起头凝神张望,竖起了耳朵。

拉克笑了。"只有我啦,"他说,"那些是喊声在冰山中的回声。"

他把手伸进怀里,摸摸婴儿,确认她的襁褓紧紧贴住他的胸膛,摸摸她温暖的唇和她温暖的脸颊。

"不要怕,"他安慰说,"乖,我的爱,不会有事。"

他在石缝中小心地攀爬,发现一种小小的植物艰难地生长在石缝里,那是这种气候下唯一能生存的植物。他摘下它们,塞进嘴里咬了几下,做了一个怪表情,马上又吐出来。那东西苦苦的,不但刮舌头,吞进肚子里还酸溜溜的。他摘下一朵小花,那是这株植物中唯一有甜味的部分,用口水蘸一蘸,放到婴儿的舌尖上。他感觉到婴儿在舔那朵小花。

"乖,"他温柔地说,"也许今天可以找到浆果。"

他又摘了一株植物给狗吃,狗舔了一下,没吃,却将饥饿的眼光投向它的主人。拉克咕哝了一声,摸

摸那狗："也许今天可以找到肉吃，卡力。"

寒冷刺骨，他裹紧熊皮，继续往南方前进。一路上照顾婴儿，满怀对家人的思念。

意外发生时，天已经黑了，那是好几个星期、好多天以前的一个晚上。他和家人本来住在一座山洞里，山洞不深，位于一条冰冻的河水上游。在通往南方的漫漫长途旅程中那只是一处暂时歇脚的地方。那个夜晚，全家人都在，拉克和母亲、父亲、弟弟、妹妹一起靠洞壁蜷缩着，他们的中间是一堆用拉克的父亲带着拉克从冰雪下刨出来的木头生起的微弱的篝火。拉克依偎着母亲，怨懑地看着洞口。父亲在打鼾。清冷的月光斜斜地照进来。他的弟妹也了无牵挂地安静睡着了。

"他到底对我有什么不满？"拉克轻声问。

"嘘。"他母亲悄声说。

"为什么我爸总是那样？"他小声说，"我拉木柴时，他一直怒气冲冲地瞪着我。我扛着木柴摔了一跤，他还揍我。他掐住我的喉咙,像野兽一样凶恶。点火时,我又看见他愤怒的眼神;火点着了,他还是那样瞪着我。"

拉克的母亲抚摸着拉克的额头,"嘘。"她小声说。

"到底为什么?"

"他一向最疼你,但是现在生活这么难,他脾气就变坏了。他过去像你现在一样有劲儿,但是这种力量现在在他身上正逐渐消逝,他就有些难过。"

拉克望着微弱火光下的父亲。

"那他过去对我的爱,如今在哪里?"他悄声说。

"嘘,我的儿啊,不要再去想这些了,终有一天,你会成为我们的保护者和领袖,你应该为了那一天做好准备。"她又摸摸他的额头,"靠着我,儿子,睡吧,我来守着洞口。"

于是拉克睡着了,梦见他的爷爷,梦见老人所说的太阳依旧温暖、绿草如茵、山谷中长满高大树木的那个时候的故事……

国际安徒生奖儿童小说

忽然,他被一阵咆哮声惊醒,他听见母亲的尖叫声……

我停下笔,望着纷飞的皑皑白雪,一边触摸搁在书桌上的那块黑色木化石。下楼去找爷爷,看见他在客厅的电视机前坐着。妈站在客厅门口,抱着双手注视他。她的手指压在唇上,对我比画着一个不要做声的手势。爷爷睡得很熟,眼皮微微颤动。电视里在胡闹,正在播出某个搞笑的游戏,答题的人如果没有答对,就会被一桶黑糊糊的东西砸向脑袋。我看得笑了起来,但我相信爷爷紧闭的双眼里,准有比这更有趣的东西。

我静候他醒来。

爷爷缓慢地醒来了,很慢很慢,尽管他的眼睛已经睁开,却依然在梦境中。他的双眼虽然望着电视里胡闹的游戏,看到的却是他的梦。

"基特,"终于,他微弱地说,"基特,小家伙,"他眼神柔和,对我微笑着,"这节目都是瞎胡闹,是不是啊?"

· 旷野迷踪 ·

"嗯，瞎胡闹。"我关掉电视。

"今天没出去玩雪吗，孩子？"

我摇摇头。"我想了解艾斯丘家的事。"我说。

"艾斯丘？"爷爷揉揉眼睛，想了一会儿，"让我想想，最近脑子乱糟糟的。艾斯丘，啊呀，我想起来了。他爷爷是个好人，吃苦耐劳像只旧靴子，满口脏话，太爱喝酒，但心眼儿很好。有好多次我和他同一班上工，我了解他的为人。许多人很怕他，特别是新来的。不过，在1948年矿井灾难里，就能看出他的本性。他拼命抢救同事，累得双手都受伤流血。当时有个小伙儿被埋在里面，就是被他救出来的。艾斯丘的父亲吗？他可是糟透了，孩子，他找不到合适的工作，又管不住自己的性子，自小就野，长大了更野，好斗。有一晚曾经在狐士酒吧外面把一个小鬼踢得半死，为此还在德拉姆①监狱蹲了半年牢，出来以后就开始酗酒，现在改揍他自己的儿子了，我怀疑他老婆也常挨揍。他是个不幸的人，基特，如果换个环境，他或许会好

---

① 德拉姆（Durham），英格兰东北部城市。

一点，但在这个地方……"说着，他耸耸肩，"唉，听说他的儿子也在步他的后尘，是这样吗？"

"可能吧。"我说。

"小艾斯丘的主要问题是，他一直没有一个正常的童年，没有一个正常的父亲。他身体内的那个婴儿，始终没机会长大，你明白吗？"

我点头："我想是吧。"

爷爷含笑说："也许他身体内的婴儿还在等机会露面、长大。"

我想起艾斯丘，想起他给周围的人带来的恐惧和巨变。我想起他粗暴的腕力下隐含的绝望，狂暴的眼神下隐约可见的渴望。他是一个多么奇特的少年，多么奇特的黑暗与光明的混合体啊！他身体内的婴儿在哪里？我想到拉克，拉克的婴儿是如此明显，安安稳稳地被裹在熊皮里。

"每个人都有善良的一面，基特，"爷爷说，"问题是能不能把它发掘出来。"

第十一章 雪 后

爱莉一脸邪恶的神情。她的眼神冰冷,好像被施了魔咒,所有善良的一面都被冻结了。

她伸出两只手,做鸟爪状,蹑手蹑脚地靠近我。

"恶魔来抓善良的基特了。"她嘶嘶地吐着气说,"冰雪冻结了他的心,凛冽的寒风冻结了他的灵魂。摸摸我的手指头,冷冰冰的。摸摸我的脸,像雪一样寒气逼人。看我的眼睛,那里有的是寒冰。"

她越靠越近,越靠越近,脸上带着邪恶的笑。

然后她娇笑着,在冰冻的雪上手舞足蹈,踢起一阵阵白花花的雪雾。

"哎呀,基特,"她说,"太棒了!我高兴死了!我高兴死了!"

我们一起笑着往前走。

她一整个下午都在排练,他们要演出本宁·布什版的

《雪后》。开始筹备那天,本宁·布什含笑注视全班。

"现在,"她说,"不知道我能不能找到我想要的人选。我要的是能够真正表现邪恶的人,能够看进你的眼睛,就让你的心凉到底的人,能够很善良,但转眼间又变成恶魔的人。"

她反反复复地看着大家,脸上都是笑容。

"谁来扮演这个角色?"

全班都笑起来。

"爱莉·基南!"

本宁·布什笑说:"爱莉·基南,很好,还有谁?"

爱莉又娇笑起来。

"好棒呀,她选了我。想到要演……天哪,基特!"

"还有,你猜,"她继续说,"猜发生什么了。多布斯也知道这件事情了。他不但笑,而且对我挤眼。多布斯!铁石心肠的多布斯!"她又手舞足蹈起来:"我要成为明星了!"她说,"我要!我要!我要成为明星了!"

说着,她故意脚下一滑,四脚八叉躺在雪地上,快活地笑着。

"太好了!"我说,"你一定会演得很好。"

"谢谢你,沃森先生!也许你愿意当我的经纪人。"

我将她拉起来,继续走。

"爷爷病好了吗?"她说。

"最近还好,但总会再犯。没办法。"

她咂了一下嘴。"替我问候他。"接着她咕哝着,"哼,瞧,你瞧那是谁!"

前面的人是艾斯丘的父亲,正靠着围墙站着。他转过头来看着我们,眼中布满红色的血丝,醉醺醺地张大着嘴笑。

"他们来了,"他口齿不清地说,"他们来了。哈!"

我们走到小巷的另一面街边,免得太靠近他。

他用力挥动手臂。

"让路!让他们过去!"

他脚下一个踉跄,只得再次扶住围墙,口中吐出一连串脏话。

国际安徒生奖儿童小说

"看什么看?"他大吼,"啊?啊?看什么看?"

"野蛮人,"爱莉小声说,"猪。"

"走吧,"我说,"快走。"

他在冰上东倒西歪地一滑,勉强站稳脚跟后,往我们这边看。

"他在哪儿?"他口齿不清地说,"我那个笨儿子呢?"

我们停下脚步。

"啊?啊?他在哪儿?"

"天哪,基特!"爱莉说,"走吧。"

我们走了几步,在他几尺以外的地方站住。

"让开。"她说。

"啊哈!这位小姐说让开。"

我紧紧握住菊石化石。

"是的,"她说,"让开,你这个无赖。"

他张开嘴大声咆哮,不时抹一抹嘴边的口水:"我说,他在哪儿?"

"他要是有知觉的话,就该永远离开。"爱莉说,"我说，让开。"

他深吸一口气，不断靠近我们，我们不断往后退。忽然，他脚下一滑，努力才保持住平衡。他一边怒视着我们，一边喊道：

"我要……我要……"

我们跑到小巷另一边，匆匆离开。

"我要——"艾斯丘的父亲还在后面喊，"我要——你们看什么看？"

我们回头看去，只见他踉踉跄跄地挥舞着拳头。

"瞧瞧他，"她说，"天哪，基特，瞧他那副德行！"

我摇摇头。"你真勇敢。"我说。

她打了个寒战："刚才是在表演，基特。"

第十二章　拉克杀死了大熊

他被咆哮声惊醒，接着他听到母亲的尖叫。拉克抓起石斧，看见洞口那只熊巨大的侧影，将灭未灭的余火映照在它眼中。他的弟妹瑟缩在洞里，母亲站在他前面，张开双臂想保护他。父亲蹲着，手中握着一块石头。大熊再度咆哮着逼近，举起两只巨掌，尖锐的巨爪闪闪发亮。山洞内充满它腥臭的鼻息。父亲从暗处跳出来，用石块砸向熊的头部，熊挥动臂膀将他扫开，他立刻倒地失去知觉。现在拉克跳上前，一石斧砍中熊的眉间，就在熊朝着他扑过来时，他又砍中它的前肢，他试图再度出击，但熊一掌将他甩到山壁上。

孩子们呜咽着尖叫。拉克再次从后面发起攻击，他高高举起石斧，又一次砍中熊的脑袋。父亲这时恢复了知觉，对着熊大吼一声，用力投出石块，击中了它的肩膀。拉克再次出击，连续砍中熊的前肢、脖子

· 旷野迷踪 ·

和头。熊怒吼着,弯下腰,将拉克的母亲往旁边一推,抓住她身上包裹着鹿皮的妹妹,举起来带着婴儿转身离开山洞,没入夜色中。

拉克全家缩成一团哭着,从眼底到内心充满恐惧。

"我的宝贝!"拉克的母亲哭喊着,"小达尔!我的小宝贝!"

拉克的心怦怦地跳着,他生平第一次遭遇到每个人早晚可能经历的炼狱。他紧紧握住石斧。

"我们的宝贝!"拉克的母亲哭着说,"没有宝贝,我们怎么活下去?"

拉克搂着她。

"在这里等着,"他柔声说,"等我回来。"

说完,他匆匆奔向夜色。

那只熊已经走远,拉克拼命追赶,裹着鹿皮的双脚悄无声息地移动着。他一直追到山崖上。熊仍在继续往上走,走向它的巢穴。它一会儿失去踪影,一会儿又在暗黑的天幕中出现。他听见婴儿的哭声,便顺

国际安徒生奖儿童小说

着声音追上去,心中一面迅速盘算,该如何才能击败这只野兽?比起它,他是如此弱小,婴儿又如此脆弱,他该怎么办?他跟随大熊翻过一个峭壁又一个峭壁。曙光乍现,微弱的光从东方缓缓出现。现在那只熊往下走了,朝着另一条冰河的方向。在陡峭的山崖间有一条狭窄的小径,大熊在那儿犹豫了一下。拉克像一阵风样地奔上前,抢先攀上小径上方突出的岩石。熊抬起头,怒吼着,想要攻击他。拉克等着,蹲在岩石上蓄势待发,手中紧紧握住石斧。这里是大熊从小径出来的必经之处,他听到它的脚步声,它沉重的鼻息,还有婴儿的哭声。他等待着。当熊一出现,他立刻挥动石斧,猛击它的脑壳。他持续不歇地猛击,直到它摇摇欲坠。他还是不停手,再猛击,猛击。大熊怒吼着,脚步蹒跚。拉克从岩石上一跃跳到大熊身上,依然丝毫也不松懈。熊终于不支倒地,拉克继续猛打,最后它终于一动也不动了。婴儿躺在大熊停止跳动的胸膛上大哭,拉克抱起她,将她紧紧搂在怀里。

第十三章　寻找爷爷

"爸！爸！"

妈在楼下喊着："爸！茶泡好了！"

爷爷没和我在一起。

"爸！"

我走出房间，望着楼下的她。

"叫醒他，基特，好吗？"

我敲了敲他的房门，轻声喊："爷爷！"

没有回应。我打开他的房门，爷爷不在房间里面，只有被褥上还留着他躺过的痕迹。雪飘过窗前，我退出房间，下楼找妈。

"我爷爷不在。"我说。

"爸！"妈喊道，"爸！"

我们找过厨房、客厅，连影子也没有。

"噢，基特，"她喃喃地说，"他去哪里了？"

国际安徒生奖儿童小说

我走到前门,从纷飞的大雪中往外看,外面有几个小孩,隐约的小身影在不停地滑雪、打雪仗。

妈搁在我肩上的手在颤抖:"基特,他会去哪里?"

"他不会有事的,"我说,"他走不了多远。"

我们面面相觑。

"打电话叫医生,"我说,"我出去找他。"

我穿上外套出门,绵密的雪使我不得不眯起眼睛。我拦住一个嬉笑着从我面前跑过的男孩。

"你看到我爷爷吗?"我说。

"啊?"

他的脸颊因寒冷而泛光,眼睛因喜悦而发亮。

"啊?啊什么?我说我爷爷。你看到我爷爷没?"

一粒雪球飞过来击中他的后脑勺,他尖叫着,继而咯咯地笑起来。

"放开我,基特!他们攻过来了!"

"你看到他没?"

"谁?没有,没看见任何人。放开我!让我走!"

我推开他，雪球纷纷落在他四周，他仓皇逃走。一群孩子追逐着，从我身边跑过。

"来啊，基特！"一名小孩嚷道，"我们来抓他！"

雪越下越大，我开始一个人在荒原中来来回回地跑。我穿过孩子们游戏的队形，撞倒雪人，又踩到雪橇滑倒在地。我不停地呼喊："爷爷！爷爷！"我跑着，逢人就问："你看见我爷爷没？"但他们早已沉浸在他们的游戏中。"什么？"他们说，"啥？什么？"

我把他们都推开，继续往前跑。我迂回曲折地跑，边跑边喊，累了就停下来，喘口气，束手无策地望着这片荒地。终于，我看到爷爷了。他一个人，头低垂着，雪落在他的头发上和羊毛衫上。

"爷爷！"

他一动也不动地站着，我走过去，替他掸去身上的雪，为他披上我的外套，他仍然不为所动。我挽着他的手，想带他走，他还是不动。

"走吧，爷爷。"我轻声说。

他望着我,却又视而不见。

"走吧。"

他忽然怒气冲冲地喊起来。"走开,"他说。语气严厉、沉重,一点不像爷爷平时的样子。

我轻轻拉着他。

"我叫你走开。"

"爷爷,是我,我是基特。"

他大叫着,像野兽,又像幼儿。

"啊!"他用力挣脱我的手想跑,却跌坐在雪地上。

我跪在他身旁。

"你走开!救命!救命!"

几个小孩围过来看,我听到有人偷偷地笑。

"去告诉我妈,"我说,"快去,跑去告诉她,我找到他了。"

爷爷瑟缩着:"你走开吧!"

"快去呀!"我大声说,终于有人跑开了。

我搂着爷爷的肩膀,他还是十分局促不安,一直叫我走开。

然后他哭起来,像个孩子一样。

"你不要烦我!"

"爷爷,"我柔声对他说,"我是基特。没事了,我们马上就回家了。"

我伸手拭去他脸上的泪水。

"天哪,基特!"

是爱莉来了,她跪在我身旁,瞪着围观的孩子。

"给我走开!"她朝孩子们喊道,"走开!滚!"

我们合力搀着爷爷站起来,他冻得直发抖,又因为害怕而哆嗦起来。

爱莉摸摸他的额头。"是我,"她说,"爱莉,小精灵,乖巧的坏丫头。"

终于我们看到妈从雪地中跑来,她同我和爱莉一起扶着爷爷。

爷爷茫然地瞪着我们。

"是我们。"妈轻轻说。

"走开!"他大叫,"你们都给我走开!"

不久,医生也提着他的药箱赶来了,他给爷爷打了一针镇静剂后,爷爷才顺从地由着我们搀着他穿过雪地回家。一团雪球丢过来击中他的背,一群孩子这才嬉闹尖叫着跑开。回家后,爱莉和我坐在楼下,听大人们在楼上走动。融化的雪水流进我的衣服里,真冷。爱莉双手握拳支着下巴,茫然地瞪着空洞的墙壁。我们都不说话。我想起拉克在山林里奔跑,不禁为他与婴儿担心。我试着不去想他而想爷爷,但就是无法将这个故事从我脑海中除去。

"你看。"爱莉终于开口。

在她的一只手掌中有一枚铜板,只见她用另一只手从铜板上轻轻滑过,铜板竟然消失了。她的手再一次滑过,铜板又出现了。

"魔法。"她说。

"再做一遍。"我说。

她又表演了一次。

"我必须在演出中表演,"她说,"雪后教我魔法,她教我如何让小东西消失，像这个铜板，然后又教我用魔法让那些使我不安的东西消失。我先让我不喜欢的东西消失，像胡萝卜和数学课本，然后我开始让活的东西消失：譬如爱叫的狗，早上吵得我不能睡觉的小鸟。后来我越来越邪恶，我的目标转向我哥哥，他老是叫我乖一点。我用魔法把他变没了，只是当我开始想念他，同时看清自己是多么残酷时，我才学会如何使消失的东西复原。"

爱莉将铜板放在手心，它一会儿消失，一会儿又出现在她手上。

"表演得很好。"我说。

很快，爸爸也回来了，他对我们笑笑，便径自上楼。不久，闪着蓝头灯的救护车开进巷子里，医院的人在爷爷身上披了条毯子，将他带下楼。他的脸色灰白，两眼空洞无神，双腿发抖。当他们带着他出门时，爱莉走上前，在他脸上亲了一下。

"早点回来。"她说。

爸跟着救护车走了，妈送出去，回来后坐在我们身边。

"他不会有事的。"我轻轻说。

"是的,孩子。"

"变魔术给我妈看看。"我对爱莉说。

爱莉将铜板放在手心上。

"现在它消失了,"她说,"现在它又出现了。"

"爱莉从学校要公演的话剧里学来的,"我说,"她学会了怎么把东西变没,再把不见了的东西变回来。"

"再做一遍。"妈说。

铜板不见了,接着又出现了。

妈往后一仰靠在椅背上,紧握着拳头,泪水从紧闭的双眼中潸潸流下。

"再做一遍,"她说,"再做一遍,再做一遍。"

第十四章　拉克被遗弃了

拉克动作迅速。太阳缓缓爬上东方的天空，就这阵子严寒的气候而言，它无疑是上天恩赐的礼物。此刻已有足够的兽皮供他的弟妹们御寒。他用祖父的石斧剥下熊皮。他先剥下熊前肢的毛皮，将茸毛部分向内裹住婴儿，接着他在熊的前胸割下一道长长的口子，又从喉咙与肩膀处割开，再将皮毛剥除，露出里面的肉。他流着汗，浑身上下都是血。随后他又将切口拉大，一直拉到熊的双脚和另一只前肢，继续剥除毛皮。当他专心工作时，一只狗靠近他身边，胆怯地看着他，然后伸出舌头去舔汩汩流出的熊血。

"随便吃吧，"拉克说，"这只大熊够我们大家饱餐一顿了。"

他工作了一个早上，直到太阳上升到最高处。

这时婴儿哭了起来，拉克将一根手指伸进熊的血

肉中，再将蘸了血的手指轻轻送进婴儿的嘴里，血溶化了，带给婴儿一点营养。

"很快就能见到妈妈了，"他对她说，"那时你就有奶喝了。"

他加快动作，将最后一块毛皮剥除，将只剩下脑袋和爪子还有皮毛的熊身体从熊皮上搬开。拉克低下头，为熊的灵魂祈祷。他感谢众神赐给他智慧和力量，使他能击败这头雄壮、凶猛的野兽。他也向他已故的爷爷默祷，感谢他留给他这把代代相传的石斧。

拉克望着太阳，念着族人时时挂在嘴上的祷词，祈求太阳神慈悲照顾冰山的子民，祈求神接近他们，使宇宙充满光和热，祈求神将冰雪融化，使大地恢复往昔的翠绿。然后他割下一块熊的前上肢的肉放进嘴里咀嚼。他吃了一块又一块，熊肉酸酸的，但是能带给他回到家人身边所需要的力量。他用手指蘸了更多的血给婴儿吸吮，然后将巨大的熊皮折叠好，搭在肩膀上，抱起他的妹妹，回头去寻找家人。狗紧跟在他

· 旷野迷踪 ·

后面。这时,太阳已经西沉,一天就要结束了。

拉克顺着来路,穿过小径,越过山崖,慢慢地往冰河河谷的方向一路下山。四周的光线越来越暗,天空开始现出点点星光。他的头发上开始出现冰碴儿。拉克抱紧婴儿,轻声细语地抚慰她。

"啊!"他高声喊着,希望将山洞内的家人喊出来。

"啊!"他虽疲惫不堪,但仍用力发出胜利的呼声。

"啊!"他高喊着,"出来呀!看拉克回来了!看我把妹妹达尔安全地救回来了!"

没有人出现。拉克抓起他的斧头,爬进浅浅的山洞,里面没人,泥地上还留着脚印和人体的压痕,以及一堆火灰。他发现山壁旁有一些木材和一块燧石。他跪下来,将灰烬拨旺重新生起一堆火。就着火光,他找到一小撮浆果和一枚小小的鸟蛋。他挤碎浆果,将果汁滴进达尔口中,自己则模仿母亲将蛋壳敲出小孔吸出蛋黄。他将蛋黄与蛋白在口中混合后,对着婴儿的嘴送给她吃。他又将婴儿包紧一点抱在怀里,然

后把熊皮盖在两人身上,在火旁躺下。

洞外夜色已深,星星多了起来,他的眼泪不听话地流下来。他的视线往上移,看见洞顶有炭画,画着一个家庭朝着太阳的方向往南走。拉克抱紧妹妹,感觉到那只狗也紧挨着熊皮。他想祈求上苍赐给他力量,但他实在太困了。他意识到他的家人一定是以为他已经丧生而将他遗弃了。

第十五章　博比说艾斯丘死了

爱莉捡起一粒小石子，拂去上面的雪，做出邪恶的表情开始施魔法，然后她笑起来。

"你最好别扮演我的哥哥，沃森先生，否则我会施魔法把你变没了。"

我们继续往前走，顺着河水，然后向右转，朝比尔码头的方向走去。

"本宁·布什说巫术就是这样开始的。"她说，"这个把戏很简单：先把东西变没，再把它变回来，连野蛮人都会。他们是最早的巫师，他们利用小石子和石头，像这种，然后叫大家围坐在火旁，让人们相信他们可以把东西变没，再将它们变回来。"

我点点头。她并未追究我的沉默，她知道我在为爷爷担忧，不过我现在的思绪也集中在黑暗山洞里说故事的人和巫师的身上。

"大家很怕他们，"爱莉说，"不过也确实相信，他们的魔法可以用来征服死亡。'把我母亲的灵魂带回来，'他们会说，'把我丈夫带回来，把我儿子带回来。'他们送礼物给巫师，甚至送他们特别的山洞，巫师又逐渐发明更大的把戏、更好的把戏，他们使众人相信他们，甚至更畏惧他们。"

水在我们脚下哗哗响，结冰的范围更大了。走回石门，家家户户的窗口亮起了热闹的圣诞灯光。旷野上笼罩着一层薄薄的雾气，刺骨的冰凉，却又一闪一闪地发亮，孩子们在其中穿梭似的奔跑。我眨眨眼，看清楚他们不过是一般的孩子、人世间的孩子。

我们经过曾经是艾斯丘的洞穴的地方，此刻只见被推土机掩埋后一座冰冻的土坡。

"将来有一天，他们会来找这个山洞，"我说，"他们会编造曾经在这里发生过的一些故事，就像我们编造从前发生的故事一样。"

我们继续往前走。

"有他的消息吗?"爱莉说。

"没有。前些天听说他要回家过圣诞节,隔一天又说他再也不能回家了,谁知道呢?"

她捏捏我的手臂,"唉,"她说,"他是那么活跃、那么有智慧的人,基特。"

"在冬天,"我说,"好像有人把一切都变没了,而且永不复返;又好像再也没有足够的光或热,万物再也不会生长。其实不然,就像变戏法一样,消失的东西还会重新出现的。"

她打了个寒战。

"嗯,但愿如此,基特。今年冬天虽然有趣,不过很快我就会受不了的。"

她伸出两只手像爪子一样挠动,发出嘶嘶声,又装出邪恶的表情和声音。

"这是冰雪少女的季节,这是魔鬼的季节,这是眼如冰、心如雪、魂如霜的季节。看好你的灵魂,冰雪少女来了。"

"魔鬼的季节,"我重复她的话,"看好你的灵魂。"

"还信吗?"她问道,"这个世界有魔鬼这回事?它会跟随你、诱惑你?我们都需要加强防范?"

"是的,我们都需要加强防范。这个世界有光明、有欢笑,但也充满黑暗,我们都有可能迷失。"

"你说得我都起鸡皮疙瘩了,基特。"接着,她又胆怯地说:"那是什么?"

"什么?"

"河边那团雾似的东西是什么?"

"在哪儿?"我细声问。

"那里,基特,那里!"

我们同时看到他们了,那群瘦削的小孩。我们看到其中还有个人间的小孩,正穿过薄雾向我们这边走来。

"是他。"我小声说。

"天哪!"她也小声说,"来了一个活生生的魔鬼,博比·卡尔。"

他穿透薄雾,在我们面前停下。

"艾斯丘失踪了。"他说。他的眼睛睁得大大的,一脸兴奋样。

爱莉把头扭开。

"总有一天,他会自我了断。"博比说,"游戏就是这样进行的,到最后,他会自我了断,不再是游戏。"

"胡扯。"爱莉小声斥道。

"有人说,他的尸体早晚会在河中被找到的。有人还说,杰克斯已经把他的尸体撕成碎片。"

他一边向我们这边走,一边平静地说。

"有人说是他爸杀了他,说他爸一直威胁要杀他自己的儿子,结果真的杀了。"

"你这个白痴。"爱莉说。

"基特不这样想,"博比说,"是吗,基特?"

"你是瘟神。"爱莉说。

"他不会自杀的,"我说,"他爸爸也不会杀他的。如果我是你,我不会继续散播这种无聊的谣言。"

博比笑着,"谣言?"他说,"我敢说你从现在起只要走在河边,一定会忍不住看看河里有没有艾斯丘的尸体。

我敢说你一定知道,艾斯丘的父亲只要喝醉酒,什么事都干得出来的。"

他斜眼看着爱莉。

"你呀,"他说,"你什么也不懂,你只是个空降阵地的人,艾斯丘说的。"

爱莉伸出手,做鹰爪状,冲向博比,他立刻逃开了。

"瘟神!"她嫌恶地说,摇摇头,"艾斯丘要是有点脑筋,他应该远离这个愚蠢的地方。"

我们继续默默地往前走,不时将眼光投向水中,希望那里面不会有任何异物。在我们身后,瘦削的孩子们在怯声怯气地絮絮低语。

第十六章　梦中的拉克母亲

我开始做梦，梦中的我化身成拉克的族人。我蹲在洞穴的火堆旁，搭在肩上的熊皮十分沉重。我感觉熊的毛皮已经干燥，腐败的血黏在我的皮肤上，我的喉咙和鼻腔充满腥臭和刺鼻的烟味。山壁上画满凶猛的野兽，弱小的人类四下逃窜，他们的身影在火光下摇曳。巫师胸前戴着一条兽牙串成的项链，脸上刺有刺青，胸口用朱色画了一只熊。他一手拿着一个骷髅头，另一手拿着一根大腿骨，浑身上下泛着汗水与油光。有人在某处击鼓，巫师双脚配合着鼓点一上一下，重重地踏着地面。他从喉咙里发出模糊不清的声音，是呜咽又像是呻吟。围在火旁的众人被他的气势震慑得直发抖，却又向他伸出双手。拉克的母亲坐在我旁边，她肮脏的手中抓着一把晶莹的彩石。"把我的儿子带回来吧，"她哀求说，"把我的婴儿小宝贝带回来吧。"

巫师的身躯前后摇摆，眼珠不停地转动，忽而蹲在地

上,两手在火焰中缓缓穿过,手中忽然出现一把浆果。他把浆果分送给大家,我们都接过来吃了,又硬又苦的果实令人难以下咽。巫师又开始跳起舞来。

"把我的儿子带回来吧,"拉克的母亲说,"把我的小宝贝带回来吧。"

我摇晃着脑袋,头晕目眩。巫师将一把尘土丢进火中,洞内立时充满了飞扬的粉红色烟雾。人们都站起来,与巫师一起围着火焰跳舞。我取出菊石递过去。

"把我爷爷带回来吧。"我说。

拉克的母亲拉扯我的手臂,我接触到她的眼光。

"把我的儿子带回来,"她说,"求你了,把我的小宝宝带回来吧。"说着,她把一枚晶亮的彩石塞进我的手心,"把他们带回来给我。"她说。

我挣脱她的手,以后的事就不记得了。等我睁开眼睛,发现我的房间内光线明亮,外面仍在下雪,妈正在叫我。

"基特!下来吧!爱莉马上就到了!"

我的手心握着菊石,菊石下面是拉克母亲的小彩石留下的印子。

第十七章　阴郁的圣诞节

仲冬，十二月最阴郁的日子，昼短夜长。圣诞灯更加耀眼，圣诞树上吊挂着串串灯泡，彩色的小灯串在电线上闪烁，忽明忽灭，在窗户边上互相追逐跳跃。也有些灯挂在院子里枝丫光秃的树上，在广袤的星空下颤抖。雪已经停了，但寒冷依旧，野地上的雪坚硬如石，我们的脚印和雪球看上去宛若白色的化石，雪人也好似千年雕像。在河边，依旧可见河水从两岸逐渐向河心冻结。圣诞颂歌从家家户户的收音机和音响里传出，四处飘扬。我们也在学校练唱《好国王温塞拉斯》、《平安夜》、《冬青和常春藤》一类的圣诞歌。入夜后，一批批孩子跑出来，在石门挨家挨户地唱歌，我家院前也不例外：

　　严寒的冬季里寒风怒吼，
　　　大地万物坚如铁、硬如石，

国际安徒生奖儿童小说

雪上加雪，雪上加雪，

在这严寒的冬季里，

很久很久以前……

    屋子里，我们一次次将暖气的温度调高。我们祈祷爷爷早日康复，但在内心深处，我们祈祷如果他一定要死，请别让他受太大的罪。去医院探视时，我们发现他不但衰弱，而且似乎连身形也缩小了。有时他认得我们，会喃喃叫出我们的名字，用颤抖的手指摸摸我们的脸。更多的时候，他只是用空洞的眼神瞪着空中。

    我们沉默着回到石门的家，坐在圣诞树下，黯然述说老人过去的事迹。入夜上床后，我把头靠在墙上，回想他在我身边抚弄他的纪念品、唱"当我年轻力壮好儿郎"那首歌时的情景，不由得紧紧握住菊石，又一遍遍轻轻抚摸木化石。我起身写下幼小的童工在昏暗的天色中在河边玩耍的故事。将视线投向那个地方，我仿佛看见瘦小的他们自由自在地在荒野中嬉戏。可是眨眨眼，他们又都不见了。

我继续写拉克的故事,想办法将拉克与他的小妹妹带回家。我读有关地壳变动、板块分裂、陆块又互相撞击的知识,我写冰河的力量大到足以移动高山,我写数百万年以前,远古以前的海洋在石门地下累积的沉积层深达百尺。我在梦中见到银孩儿,他引领我穿过无止境的坑道后,把我单独留在黑暗里。我梦见巫师在黑暗中舞蹈,梦见说故事的人在火焰中述说他们的故事。我感觉到拉克的母亲握住我的手、手心上的彩色的小石子。夜深人静时,我听到隐隐约约的歌声——"当我年轻力壮好儿郎"——醒来后,发现这一切不过是幻觉。

爱莉全心全意投入《雪后》的演出,整个人因为喜悦而容光焕发,那痴迷的程度让人真觉得她眼中有霜有雪似的。她在我面前反复练习,舞动手臂,朗朗地念台词,优雅地、小心翼翼地走过雪地,然后高兴地大笑,把我们脚下的雪踢得老高。本宁·布什告诉我,爱莉有多么聪明,演来多么自然,她把未来的理想放在表演上是正确的。我们只担心她不要被冲昏了头。当首度公演的日期逼近时,

爱莉变化成冰雪少女的本事更大了，她可以在一瞬间从平常的她，转变成戏里的她。

"我是谁？"有一天，我们放学回家途中她问我，"爱莉·基南是何许人？是'差不多的乖宝宝'，还是'十足的坏宝宝'？"她笑着说，"这正是我喜欢演戏的原因，基特。它就像魔法，我不一定只做我自己，世界不一定局限于既定的模式，你可以改变它，而且不断地改变。"

我点点头。我从我的故事和我的梦境里，深深地体会到这一点。

第十八章　还没有艾斯丘的消息

约翰·艾斯丘失踪了。墙上和电线杆上到处贴着寻人启事，上面印着：你见过这名少年吗？此外还印着一张他的头像照片，关于他的穿着的说明——黑色牛仔裤、黑色外套与黑帽，T恤上印着"Megadeth"字样，还有关于他的黑狗杰克斯的说明。警察在荒原与河的两岸进行搜救，他们分散开来，撬开所有空屋和下游的仓库门，甚至察看小孩子经常去的洞穴。他们乘坐小船，顺着河流而下，查找人迹罕至的地方，并在岸边的冰层下打捞。他们带着古老的矿井及坑道地图，徒步深入石门以外的山区。传言不断，有的说他在冰上滑倒，落入冰水中溺毙，尸体已被冲入大海。又有一说他投海而死，而且是被他邪恶的醉汉父亲逼的。也有的说他跌入一处古老的坑道。或说他的狗野性大发，将他咬死了。据说要等来年春天冰雪融了，才会发现他冰冻的尸体。更有人在茶余饭后悄悄议论说，孩子

的父亲亲手杀死了儿子。

一天，警方将艾斯丘的父亲带走了，石门立刻纷纷谣传，孩子的尸体已经找到，果然是凶案，凶犯父亲终于被逮捕。但是，这个传言并不真实，孩子的父亲又被送回来了。那天晚上，我在睡梦中听见他在呼唤，我醒来，下床走到窗前，看见他站在围墙边，伸开双臂，对着空旷的野地呼号：

"约翰·艾斯丘！约翰·艾斯丘！喂，回来吧！"

在一个很冷的傍晚，我和爱莉走到艾斯丘家附近，只见门窗紧闭，窗帘低垂，也不见圣诞灯光。艾斯丘的母亲发现我们，抱着娃娃走到门口。

"你们两个看什么看？"她大声说。

"走吧，基特。"爱莉小声催促。

"有什么好看？"她又大声嚷。

"基特。"爱莉小声说。

"你这家伙！你们这些家伙！为什么就不能离我们远一点？"

爱莉扯我的手。

"等一下。"我说。

我走到巷子尽头，走近艾斯丘家的院子。艾斯丘的母亲一直瞪着我，她怀里的婴儿有着浓密的黑发和宽大的脸蛋，她和她哥哥长得非常像，只是线条柔和些。她哭泣着在母亲怀里不安地扭动。我在低矮的围墙前停下脚步。

"还没有他的消息吗？"我说。

妇人对着我大声咆哮："消息！你们这些人想知道什么消息？还不是只盼着坏消息！只有死了人的倒霉消息，才能满足你们！"

婴儿号啕大哭起来。

"我是约翰·艾斯丘的朋友。"我说。

艾斯丘的母亲望着我，一脸狐疑。

"我是他的朋友，我和他说过话，他还送过我一张他的画。"

"他送过你画？"她说。

"是的，"我说，"还没有他的消息吗？"

"没有。"

"他不会有事的,"我说,"我想他不过是离家出走,他会回来的。"

她望着我没说话。

"真的,"我说,"他告诉过我,他要离家出走。"

她咂了咂嘴。

"唉,"她说,"他确实说过。你叫什么名字?"

"基特·沃森。"

"他提起过你。"做母亲的将手指头放在婴儿唇上,由着孩子吸吮,"小宝宝想她哥了,"她说,"这个傻大个儿,她想死他了。"她叹口气,又转过来瞪着我,"你真的都不知道吗?这该不会是你们一起玩的什么鬼把戏吧?"

我摇了摇头。

"哎呀,总有一天会水落石出的,我相信。"

她丈夫出现在门口,站在她背后,视线与我相接。

"干啥的?"他问。

妻子摇了一下头:

"关心咱们的约翰,就这么回事。"

"再来的话,"他朝着我说,"你就死定了。"

艾斯丘的母亲转身准备离去,"如果你有什么消息,"她说,"不管什么消息都来告诉我。"

"好的。"我说。

艾斯丘的父亲让开一步,他的视线再次与我相遇。

"听说你爷爷生病了,"他说,"他是个好人,不像其他那些杂碎。替我问候他。"

第十九章　看爱莉彩排

我把门推开几寸，溜进礼堂，站在暗处，面对灯火通明的舞台。我以为神不知、鬼不觉，不料本宁·布什忽然转过身来，看见了我。她眯起眼睛，假装生气，但随即笑起来，用食指点着嘴唇示意我别说话。诡异的音乐响起，其中夹杂着不成调的提琴声和刺耳的笛声，舞台上雪后身穿雪白的毛皮大衣，坐在冰雕的宝座上，她身后是一片白皑皑的冰山，苍白的天空挂着一轮苍白的太阳。一个少年背对着雪后，他身上穿着红红绿绿的衣服，用颤抖的双手捂着脸。雪后冷冷地微笑着，注视着他。这时，爱莉饰演的冰雪少女进入舞台，冷静地跟在她哥哥后面。她穿着银色的衣服，头发好像不锈钢打的一样闪闪发亮，爪子样的双手利似尖刀。她眼神严峻，语调尖锐冷酷："邪恶的妹妹找到善良的哥哥，她要以冰霜般的冷酷冻结他的心，她要以凛冽的寒风冻结他的灵魂；摸摸他的手指，让他的手足凝霜；摸摸他的脸颊，让他的脸庞蒙雪；看看他的眼睛，让他的双眸含冰。"

少年倒退着身子远离她。

"妹妹，"他乞求道，"妹妹，你怎么啦？"

爱莉狞笑着，继续逼近他。

少年惊骇地跌坐在雪后的宝座前。

"妹妹！"他说，"妹妹！"

"我们要如何处置这个家伙？"雪后说。

爱莉用她的银色靴头踢了一下少年。

"要如何处置这个傻小子？"她说。

"要不要往他的眼睛里也放一块寒冰？"雪后说。

少年捂着脸，"妹妹，"他说，"你醒过来吧。"

爱莉一阵大笑："他不可能成为冰雪少年，他没有勇气变成冰雪少年。"

雪后伸手轻轻抚摸爱莉的爪子。

"他不像你，亲爱的，"她说，"那么告诉我，小坏蛋，我们要如何处置他？我们要如何处置善良的好哥哥？"

爱莉发出嘶嘶的声音，她一边叹气一边寻思。

她随即跪在地上,轻抚着她的哥哥,"我对他感到厌烦了。"她说。

"那就不要他了吧。"雪后说。

爱莉闭上眼睛微笑起来,轻轻嘘了一口气,然后叹息着:"不要他了吧?"

"好。"雪后说。

"好,"爱莉喃喃地说,"好。"

"那就不要他了,"雪后说,"让我们干脆把他忘记,送他去没有人居住的虚无混沌之所,永远离开我们的视线。"

爱莉笑了,"是的,"她喃喃地说,"就是这样。"

少年挣扎着要跑。

"现在就动手吗?"爱莉说。

雪后抬起下巴,凝视着她。

"我已经把一切都交给你了,现在就动手吧,聪明的女孩。"

爱莉指着她的哥哥,"去吧!"她大声说。

一阵强光出现,夹杂着一连串闪电,少年消失了。

"太好了!"本宁·布什高声说,"好多了,各位!现在,我们再来排第十三幕。"说完,她转动椅子回过身来手指着我说,"你,克里斯托弗·沃森,"她大声说,"去吧!"

我笑着溜出走廊。

"你是如何办到的?"当天下午我问爱莉。

她露齿而笑:"靠我的天分呀,沃森先生。"

"我不是说演戏,我是说,你如何把那少年变没了?"

"啊,那是秘密。那是魔法,你知道就好。"

我看着她。

"我把他变回来也是魔法。"她说。

"你——"我说。

她笑着说:"我怎么了?"

我笑道:"没事。"

爱莉在冰冻的雪地上手舞足蹈,"说呀,"她说,"说出来!"她娇声笑着,一边在雪地上跺脚。

"说什么?"我说。

"哈哈哈!说什么?说我快把你逼疯了,不是吗?"

第二十章　爷爷想起了银孩儿

星期日是探视爷爷最不合适的日子，照在病床上的阳光使他的脸显得更加惨白，他两眼更加空洞无神。我跟爸妈围坐在病床边喝茶。我们抚摸他的手臂，叫他爷爷、爸爸。我们轻声报出我们的名字。

"是我，"我说，"爷爷，是我，基特。"

有时他会虚弱地微笑，似乎想说话，但他仿佛已毫无力气，而且不知如何挣脱他混沌的心智。他只是木木地瞪着我们，瞪着窗外，瞪着虚空。冬天的脚步越慢，他的病况就越沉重，他变得越来越沉默，越来越孤独。他仿佛就要离开我们，再也不会回到我们身边来了。踏着夜色离开医院时，大家的心情都很沉重，默默无言。

那个星期日，我把菊石放进爷爷手心，让他握着。"记得吗？"我轻声说，"你送我的，一百万年前的化石。"

我们看着他用手指笨拙地抚摸着菊石上面的螺纹。"它来自海底,"我说,"来自石门地底下一百英尺深的煤矿。"

他忽然抬起眼睑瞪着我,但是又好像不在看我,只是以视线穿过我的身体,看着未知的什么地方。

"那时你还年轻,"我说,"你年轻力壮的时候。"

妈轻抚着我的背,我明白她在用手告诉我:别说了,基特,不要让你自己更难过。

"想一想,"我继续对爷爷说,"爷爷,想一想。"

他闭上眼睛,抚摸着化石。

"基特,"妈说,"别说了,基特。"

"爷爷,"我继续说着,"你告诉过我,回忆主宰这个世界;你告诉过我,你不断看到你曾经看过的东西;我的故事都是从你那里听来的;你还告诉过我,回忆是最珍贵的。"

我将化石用力往他手心一放:"爷爷,爷爷。"

他叹口气,手一松,菊石滑落向地板,还好被我及时接住。

妈搂着我,把我拉近她身边。

"喝茶吧，乖。"她柔声说。

我啜了一口茶，除此之外，还能做什么呢。过了一会儿，我又试着唤醒爷爷的记忆，再次靠近他。

"爷爷，"我轻轻说，"听着，从前有个男孩叫银孩儿。我们给他取这个名字，是因为电筒的灯光照在他身上，使他在坑道中一闪而过的时候，看上去就像会发光的银丝缎，一眨眼就消失了……"

我盯着他，没有任何反应。

"一个穿短裤、长靴的小男孩，许多人都曾经在坑道里见过他。有时他只是从最黑暗的边缘望着我们，有时在我们下矿井时从背后一溜烟跑过去。如果哪个矿工的灯熄灭了，一定是银孩儿的杰作……"爷爷的表情逐渐放松了，好似带着一丝微笑。接着，一阵嗓音传来，模糊不清，他的嘴唇几乎没动，那嗓音似乎十分遥远，微弱而久远。

"小可怜。"我轻声说。

他在用嗓音回应我。

"做得好。"我说。

微笑再次浮现，同时还有微弱的嗓音。

"小银孩儿。"我小声说。

回应的嗓音响起。

"有人说，他在某一次灾难之后，被困在里面，"我说，"始终没被救出来，连同其他人被永远埋在地下。可他一点也不可怕，甚至还有点可爱，叫人想去摸他、安慰他、把他拉到亮处来。"

爷爷又露出微笑，他睁开眼睛，看了一会儿我的眼睛，我看到他眼中的沉思。

"小银孩儿，"我说，"问这附近任何一个老家伙，他们都会告诉你有关我们这个银孩儿的故事……"

爷爷嘶嘶地吐出音节："银孩儿。"

"对了，"我小声地说，"银孩儿，你记得，他拿走了我们留给他的水和饼干，小可怜。"

他轻轻地从喉头深处发出微弱的笑声。

"黑暗深处的光明。"我说。

爷爷抬起手，颤抖着摸摸我的脸，凝视我的眼。

"是我,基特。"我轻声说。

他眨眨眼,看了看四周,再眨眨眼。

然后他露出微笑,伸出舌头舔舔嘴唇。

从他口中吐出两个字:"基特。"

然后他看看我们每一个人,闭上眼睛。

我们让他休息。

"在梦中寻找银孩儿吧,"我柔声说,"他会保护你,直到人们带着灯火进坑道找到你。"爸妈和我在那里,彼此望着,不敢说出心中的希望。又喝一会儿茶,才相携走进寒冬的夜色中。

第二十一章　梦中的爷爷、银孩儿和我

那天晚上，银孩儿又出现了，只是惊鸿一瞥，在我的眼角边上，从我房间的角落一闪而过。我闭上眼睛，随着他跑过无止境的坑道，往地底深处直奔而去。我们的视线相遇时，我露出微笑，我知道他在等我，他在引导我。我面带微笑地跑，除了眼前他隐约的闪光外，一点声音也没有，只有我如雷般的心跳声、喘息声与脚步声。我们仿佛跑了一个世纪，一百万年，直到他一闪而逝，就此消失。

我伸出双手，小心翼翼地往前走，摸到爷爷。

"爷爷。"我轻声说。

"基特。"他说。

我们紧紧互拥着几个小时，直到最后听见从坑道中传来脚步声，看见远处的灯火，听到那些来找我们的人的喊声。

"有人来了。"我小声说。

"有人来了，"爷爷说，"我们没事了，孩子。他们来了。"

第二十二章　南行的拉克

婴儿在拉克怀里啜泣,把他从睡梦中惊醒。洞口光线明亮,外面是一望无垠的冰雪世界。拉克把手伸进怀里,摸摸他妹妹的小嘴。

"别哭了,宝贝。"他柔声说。

拉克看了看岩壁上画着的往南方迁移的家人,半晌才站起身来,走出洞外,再度来到冰天雪地的世界。他捧起一把雪在手心融化,再慢慢一滴一滴喂进他妹妹口中,自己也喝一点。他又将最后几粒浆果的汁液喂给妹妹吃。狗趴在他身旁舔着雪。拉克轻抚着它,柔声细语地安慰它。接着他进入洞穴,用石斧将熊皮割成两半,一片扔在洞内一角,另一片紧紧裹住自己和婴儿,接着他捡起燧石,抓起爷爷的石斧,动身往山谷前进,头也不回。

他在往南走。

·旷野迷踪·

攀援中，拉克渐渐远离冰雪，爬上长有耐寒植物的山崖。他摘下唯一有甜味的花喂给婴儿吃，随即放眼四下张望，寻找可能存在的人迹。一头长毛象慢吞吞地走过山谷，一对小鹿轻快地跃过岩石，小云雀飞上天，在他头上唱着悦耳的歌。更高的天空中有巨大的黑鸟缓慢盘旋，伺机而动。

拉克呼喊着："啊！啊！"满心盼望着除了回音能听见什么别的人的声音。婴儿在他怀里哭了起来。他温柔地对她说话，抚慰她，同时感觉到她正渐渐消瘦，哭声也逐渐转弱。他为她找来更多的耐寒植物，又将雪水在掌中融化了喂她。这天，他们来到一处山中的洼地，那里杂草丛生，两只鹿正在啃食稀疏的草。拉克蹲下来，把卡力抓到身边，紧紧捂住它的嘴，他们一点一点挨近，看出两只鹿是一公一母，公鹿抬起头，竖起耳朵，嗅嗅空气，警觉地四下看看山崖附近，这才低头继续吃草。拉克向太阳神和祖先的灵魂祈祷。婴儿又开始嘤嘤哭泣。鹿显得有些不安。拉克猛然站起身，掷出石斧，石斧击中了母鹿。它挣扎了一下，企图逃开，但卡力已经冲上去咬住了它的喉咙。拉克跟着冲上前，用石块猛砸它的头颅，结束了它的生命。

拉克胜利地高举起双手，他用鹿血擦手，把鹿血涂抹在脸上。他向鹿的灵魂默哀，感谢太阳神和他的祖先。然后将婴儿抱到母鹿的乳房边，开始挤奶。

"吸吧，我的宝贝。"他柔声说。

他这边挤，婴儿在那边吮。他看见奶水从乳头喷出，从妹妹的嘴角溢出。看着妹妹咽下奶水，自己也忍不住舔舔嘴唇，尝了尝温热的鹿血，脸上露出笑容。

婴儿饥饿地吮着乳头，小脑袋紧紧贴在犹有余温的鹿肚子上。狗舔着死鹿头上的血。拉克将婴儿口中的乳头拔出，将包着熊皮的婴儿放在阳光下。他用石斧割开鹿肉，一块块切下。然后开始狼吞虎咽地吃肉，血顺着他的嘴角滴滴答答地往下淌。他扔了几块肉给狗吃，自己则吃到肚子发胀为止。然后他又继续让婴儿吮奶，这边挤，那边吸。

·旷野迷踪·

"啊！啊！"他温柔地呼喊。

照射在洼地上的阳光越来越暖了。他躺在婴儿身边，搔她痒，婴儿咯咯地欢叫着，露出笑容。歇够了，他又给婴儿吮奶，然后自己也吮了一会儿乳头。最后，他装了几块肉在背袋里，抱起妹妹，再次上路，离开洼地，重回山崖。此时的拉克心中充满希望，不由得加快了脚步。婴儿在他怀里心满意足地睡着了。

他们身后，一只巨大的黑鸟自天空盘旋而下，向洼地俯冲下去。

第二十三章　说故事是一种魔法

我们坐在厨房，面前摊着我写的故事。

"天哪，基特！"爱莉说，"你是怎么办到的？"

我笑着说："魔法。"

她伸手往我肋骨上搔痒。"你这家伙。"她说。

"把你逼疯了，是吗？"

"把我逼疯了。"

"可是，然后，故事是怎么样的呢？"

我耸耸肩，"不知道。"

"不知道？你怎么可以不知道？"

"本来如此，故事本身就是活的，像本宁·布什说的那样。也许下一个山崖就有可怕的东西等着他们，也许再也找不到食物了。婴儿也许会死，而拉克也许会坠落到悬崖下。"

"天哪！基特，我还以为你想要他们怎么样，他们就怎么样。你得先有构思,然后再去写。"

"有时是这样,但是当里面的人物开始有了生命……你就无法全然掌握他们了。"

她翻动着那几页故事稿子。

"我知道我想要的结果,"我说,"我希望他们平安无事,全家团圆,可是……"

"可是外面有熊,有秃鹰,有各种危险。"

"是的,是的。"

"可怜的家伙,不过,我想它终究不过是个故事。"

我不置可否。

"或许吧,"我笑着说,"不过,到了晚上,拉克的母亲会来找我。"

"拉克的母亲什么?"

"她到了晚上会来找我,她想送我礼物,她希望我把她的儿子和婴儿带回家。"

"天哪,基特!"

"好像是真的一样。"我说。

"好极了，"她说，"吓死人了。"

"看吧！"

"看什么？"

"魔法，说故事本身就是一种魔法。"我说。

"你还没给布什老师看过吧？"

"没有，等我写完吧。再说，这不只是为她写的，主要是为约翰·艾斯丘。"

"为他？"

"是的，为他。我说我会写个故事，由他来画插画。"

"如果他回来，如果没发生什么不幸的吧。"

"那是魔法的另一部分。"我说。

"怎么说？"

"我想假如拉克和他妹妹平安无事，那么约翰·艾斯丘就会平安无事；假如他平安无事，他们也一样会平安无事。"

她瞪着我，"天哪！基特，你这话什么意思？"

"我也说不上来，"我说，"不过我确信这是真的。"

第二十四章　给爷爷送画

"可怜的人，简直失魂落魄了。"妈说。

我们望向窗外。艾斯丘的母亲怀里抱着婴儿，正在冰冻的荒原中漫无目的地走着。

"可怜啊，"妈又说，"你不会像艾斯丘一样让我们这么难受吧？"

我摇摇头："不会。"

"我知道，不过我还是担心。来吧，好了吗？咱们出发吧。"

这天是星期天下午，又该去探视爷爷了。我们上了车，往石门境外驶去。我带着艾斯丘的画，卷起来拿在手上。口袋里装着菊石，满脑子都是我的故事。

我们围坐在爷爷的病床边，喝着茶，他挨个盯着我们瞧，又仿佛视而不见。不过他坐得很直，双手不再颤抖，眼中有了生气。

"爸!"妈说。

他眨眨眼,看着她,笑笑,然后对我们挨个微笑。

他摸摸父亲的手臂:"哈啰,儿子。"他有气无力地说。

我看到父亲眼中的泪光。

爷爷摸遍我们每一个人,细声叫我们的名字,又用枯瘦的双手端起茶杯,往床头一靠。

"全都累坏了。"他轻声说。

他笑笑,喉咙的深处传出某种微弱的杂音。他缓缓地、哆嗦着挤一挤眼睛,又笑了笑。

"我又去神游太虚了,是吧?"他说。

"去了好久呢。"妈说。

"噢。"他又喝口茶。

"我带这个来给你,爷爷。"我说。

我打开插画,举起来给他看。

"好啊,还从来没人给我带过这个呢。"

他的视线在画中黑暗的地方寻找。

"小银孩儿,"他喃喃地说,"正是他。"

"送给你,爷爷,可以给你挂在床边。"

"很好,很好,"他微笑,迷失在画里,"可怜的小东西。"他细声说。

他倾身向前,用手捂着嘴。

"夜里会来看我呢,"他说,"还会到我梦里来,来保护我。"他挤挤眼,"不过,不能在这里多说,他们会以为我头脑不清楚。"

大伙儿都笑起来,含着泪。

他很快就睡着了。我们看到他的眼珠子在眼皮下骨碌碌地滚动,我猜银孩儿正在他梦里保护他。爸爸在和医生谈话。是的,说不定爷爷可以回家过圣诞节。我们静静地坐着,看着他睡着,不知不觉外面天色已黑。

我将插画卷好搁在他大腿上。

我们离开时,他在梦中唱歌:

当我年轻力壮好儿郎……

到家时，艾斯丘的母亲正好路过，她刚从荒原上回来。

妈一手抚着她的肩膀，一手拉起她的手。"他不会有事的，"妈说，"我相信约翰不会有事的。"

艾斯丘太太低下头，婴儿从厚厚的布包中露出小脸蛋。

"进来喝杯茶吧。"妈说。

她摇了摇头。

"今天不行，"她说，"得把小家伙带回家睡觉。"她看看我们，忽然抓住我的手。

"带他回来，"她轻声说，"把我儿子带回来。"她的指甲和戒指陷入我的皮肤里，"带他回来。"

说完，她踏着夜色匆匆回家去了。

第二十五章　艾斯丘要我去见他

《雪后》公演的晚上,我们踩着月色去学校,皎洁的月光使星星为之黯然失色,将皑皑白雪照得更加晶莹剔透。它照亮了我们的眼睛,在石门的花园,也在萧瑟冰冻的大地上投下阴影。人们的影子默默地跟在他们脚下。大家把衣领拉紧,口中喷出一团团银白色的雾气。我们一行有十余人,家家户户都全家出动,去观赏雪后在爱莉的眼中抹上一层冰霜、在爱莉的灵魂中种下邪恶的种子。小孩们兴奋地嬉笑着,热切地拍着父母的手。老人家挂着拐杖,颤巍巍地迈开每一步。从围墙外看过去,学校正亮着温暖的灯光。

校园内,穿着银白锡箔衣与银色拖鞋的一年级学生在分发节目单,上面写着这出戏不适合低年级学生观赏。大厅内陈列着大型冰河与浮冰的绘画和照片,还有北极熊与企鹅的图画,鲸鱼的背鳍突现在冰面上。地图上显示出冰

河时期冰河曾一度统治过北半球。披着兽皮的原始人蹲在洞穴里，围绕着熊熊烈火，他们头顶上的岩壁上画着令他们又畏惧又崇拜的野兽。音乐响起，是刺耳的提琴声和笛声的合奏，间或传来隐约的哀号、野兽的怒吼。

钱伯斯站在那里指挥大家进场，他脸上含笑，与爸妈握手，告诉他们，经过那次游戏事件后，我似乎已经恢复了。多布斯对我挤挤眼，也和爸妈握手，和气地说学校对我期望很高。我们走进礼堂，观众席上灯光昏暗，坐席对面是舞台上灯火通明的冰雪世界。不久，灯光熄灭，会场陷入一片漆黑，孩子们发出假装害怕的惊叹声，紧接着《雪后》开演了。

两个儿童因为转错了弯而迷失在冰天雪地中。他们穿着红红绿绿的衣服，手牵着手，显得又困惑又恐惧。他们谈论自己的家、亲爱的父母、青翠的山峦与溪谷。他们怎么会走错路呢？男孩哭起来。女孩先是安慰他，接着骂他软弱，缺乏勇气。她指着山的另一边，那个方向。她告诉他，她确信正确的路是在那个方向。男孩一面抽泣，一面问她怎么知道往那个方向走是正确的,她如何知道往那个方向走肯定没问题。他们吵了起来,女孩威胁要扔下男孩一个人。她嘲笑他说,瞧瞧你,瞧瞧你有多胆小。这时,雪后乘坐雪橇出现在舞台边上,她传递给爱莉的眼光令我不由自主从心底打了个冷战。

她走下雪橇,双手拥着这对孩子。她哄他们,安慰他们,叫他们不要害怕。她为他们披上雪白的毛皮大衣,轻轻抚摸他们的脸颊、头发。多可爱的孩子,她低声说。

"孩子们经常走错路,"她说,"他们在冬天到处游荡,找更厚的雪,堆雪人、打雪仗。他们走错路,迷了心窍,却在我的国度里找寻到真正的自我。"

男孩抽泣着,头低低的,咬着颤抖的嘴唇。"你是谁?"爱莉问。

"我是雪后,我掌管冰雪与严寒的冬天。我是铁石心肠的皇后,摸摸我的脸,看冰不冰。"

爱莉伸手去摸雪后皎洁的白皮肤。

"你好美。"她小声说。

"摸摸我的唇,看冰不冰。"

爱莉摸了一下,叹口气。

"我哥哥很害怕,"她说,"他很想回家。"

她们望着一旁默默发抖的男孩。

"不要怕,"雪后说,"你能听明白我的话,是吗?"

"是的。"爱莉说。

"看我的眼睛,那里面有那无止境的冬天。"

"是的。"爱莉说。

雪后微笑了。

"真漂亮,"她轻声说,"你有一双多么清澈、聪慧的眼睛。"

她搂着爱莉,将她带到一边。

"许多孩子来到这里,"她说,"他们吓得发抖、哭泣,甚至大哭大叫。他们想要青翠的村庄、舒适的山谷、燃烧着火炉的小屋。"她轻抚爱莉的脸颊,"我一直梦想有个喜欢冬天的孩子,一个愿意留下来和我做伴的孩子。"

她弯腰拾起一块冰,送到爱莉眼前,"看它多漂亮!"

她柔声说。

"是挺漂亮的。"

"我要把它放到你脸上,让你感觉它刺骨的冰凉。"

"那肯定棒极了。"

雪后折下一小片冰。

"看着我的眼睛,孩子。"

爱莉望着她,刺耳的音乐响起,雪后轻柔地将那一小片冰放进爱莉的眼睛。

于是爱莉开始变得邪恶了。她学会了魔法,先把小东西变没,然后变更大的东西。她变得越来越邪恶,开始厌烦她的哥哥,指着鼻子责骂他,后来甚至也把他变没了。

中场休息时,妈一再夸赞爱莉表演得有多么精彩,有多么令人不寒而栗。在她的背后,几个正在喝茶的大人后面,我看见博比·卡尔斜倚在门上,正盯着我,脸上带着微笑。他对我挤挤眼睛,头往后一歪,示意我上他那边去。我转过头去。正如爱莉所说,他是个瘟神。但他依然含笑

盯着我，我穿过人群走向他。

"什么事？"我小声说。

他抬起眼睛，笑着说："你完了。"

"你说什么？"

"艾斯丘回来了，你完了。"

"他在哪儿？"

"某个地方。他还问起你。"

"什么意思？"

"问——起——你——"他依然笑着，"你完了。"

我抓住他的手臂，将他拖到外面的走廊上按到墙上，正好在一幅远古时代冰河河谷的图画底下。

"你这个瘟神。"我说，"他在哪儿？"

"某个地方。"

我再次用力把他顶到墙壁上。

"艾斯丘回来了，他快疯了，"博比说，"他要见你。"

他从口袋里取出一幅画，打开来给我看。

"他叫我把这个交给你。"

· 旷野迷踪 ·

我将那幅素描拿到灯下,上面画的是艾斯丘和我在一处洞穴里,两人面对面地半裸着,手上拿着刀子,中间隔着一堆熊熊燃烧的烈火。死亡名单镌刻在墙上。在黑暗的边缘,数十个瘦削的孩子在一旁观望。

"如果你告诉别人,他会把我们俩都杀了。"博比小声说。

"杀了我俩!"我说,"哈!"

"不错,杀了我俩。他和杰克斯会杀了我们的。跟谁也不能说。"

"你这个没用的家伙。"我说。

这时,我发现钱伯斯在灯光暗淡的走廊尽头望着我们。

"跟谁也不能说。"博比再次警告,说完匆匆地沿着走廊跑出去,消失在夜幕中。

"没事吧,克里斯托弗?"钱伯斯说,朝我这边走来。

我把素描塞进口袋。

"没事,老师。"

我们听见本宁·布什在宣布下半场即将开演。

"这出戏怪恐怖的,是不是?"钱伯斯说。

"是的,老师。"

他凝视着我,若有所思地说:"真奇怪,克里斯托弗,我们竟会畏惧这种对于黑暗的渴望。"

"是的,老师。"

他望着走廊上博比消失的地方。

"黑暗会使我们误入歧途,克里斯托弗,"他深深地注视着我,"你很了解自己吧,是不是啊?"

"是的,老师。"

他的脸上现出了笑容:"让黑暗留在舞台上吧,让它留在书本中,黑暗属于那些地方。是不是啊?"

"是的,老师。"

他拍拍我肩膀:"来吧,克里斯托弗,又该是爱莉吓唬我们的时候了。"

我们推门进入礼堂,我看见妈在人群中寻找我,眼中露出恐惧的神色。

戏又开演了,但我迷失在自己的思绪中,迷失在自己的恐惧里。我感到手心冒汗,心跳加快。我早就知道艾斯丘很快就会来找我,他会选择时间和地点。

我也早就知道我终究会走入黑暗去见他,我的任务是去把他带回来。

第二十六章　我打伤了艾斯丘

午夜已过,我依然无法入睡。我起来坐到书桌旁,想继续写拉克的故事,好让他能够翻山越岭,找到失散的家人栖身的山洞,但是我写不下去。我望着窗外的旷野,眯起眼,看见月光下河边出现瘦削的孩子的身影;不眯眼,那些身影就消失了。抬头看看那三张素描:我,银孩儿,我和艾斯丘在洞穴内。轻轻哼着爷爷的歌:当我年轻力壮好儿郎……又轻轻抚摸菊石、煤块雕刻的小马,还有木化石。我闭上眼睛,看见银孩儿在我脑海里忽隐忽现。我为爷爷祈祷,却又闻到燃烧木头的烟味和人的体味、汗味。我再次睁开眼睛,看见她——拉克的母亲,她身上披着兽皮,蹲在我房间的角落,对我伸出握着彩石的手。她的嘴一张一合,无声地说出这句话:把我儿子带回来,把我的婴儿带回来。我移开视线,又移回来,她仍未消失。我再望向窗外,看见弓起的黑影,是那条黑狗,还有艾斯丘。

仔细看去，他还在那里。我披上外套，蹑手蹑脚走到屋外，却找不到他了。我匆匆踩着雪往河边跑去。

"艾斯丘，"我小声喊，"艾斯丘！"

没有回答。我四下张望，不见他的踪影。我把外套拉紧。

"艾斯丘！"

我回头望去，荒原的另一头唯一的灯光来自我书桌上的台灯，正照射着拉克的故事，也在墙上投射出拉克母亲蹲着的身影。我不寒而栗。

"是谁？"有人开口问。

"谁在那里？"我说，"是艾斯丘吗？"

这时，忽然传出细微的低语声、窃笑声。

"是谁？是谁？是谁？"

我的四周出现了许多小孩，我从眼角看到他们，他们怯生生地看着我，个个半裸着瘦小、苍白的身子，乌黑的脸蛋上是睁得圆圆的大眼睛。

"是谁？"他们互相耳语，"是谁？"

他们哧哧窃笑。

"基特·沃森,"他们悄声地说,"克里斯托弗·沃森。十三岁。"

我不断地转身,想把他们看真切些,但忽然听到艾斯丘喊了一声,然后四周一下子沉寂下来,只听见杰克斯在低狺。

"蹲下,伙计!"

艾斯丘的声音听起来比以前低沉,脸看着比以前更黝黑,肩膀也比以前更宽了。他穿着极厚的黑外套,头微微低着,头发又脏又乱。

"艾斯丘。"

"沃森先生。"

"你去哪里了,艾斯丘?"

"好多地方。"

"你妈担心死了,你的小妹妹……"

"我爸呢?"

"对,还有你爸,"我说,"他要你回家。"

"哈!"

我忍不住发抖。我看到那些小脸蛋在河边偷看我们,我又听见细细的呼吸声,还有令人毛骨悚然的低语声。

"我来找你的,基特。"

"找我?"

"找你,就找你一个。"

我不知道说什么好,只有拉紧大衣。

"你看得见他们,"他低声说,"不是吗,基特?"

浮现在冰雪上的眼睛个个圆睁,专注地看着我们,不住地发出嘶嘶的呼吸声,不住地低语。

"你看得见。"他说。杰克斯低狺着。

"是的。"我说。

"你还看得见其他东西——别人眼中看不见的东西。"

"是的。"我说。

他上前一步,靠近我。"这是因为你已经死了,基特。你透过亡者的眼睛看穿这一切,瞧你,你四周都是死人。"

"我的天,艾斯丘,那是胡说。"

孩子们纷纷耳语。

"基特·沃森,"他们交相低语,"克里斯托弗·沃森,十三岁。"

艾斯丘笑起来:"还记得吧,基特,那些刻在教堂树下石碑上的名字和年龄:约翰·艾斯丘,十三岁;克里斯托弗·沃森,十三岁。那墓碑是为你准备的。"

"那是很久以前的事,艾斯丘。"

"以前的事总是一而再、再而三地发生,大地控制不了死人,他们从地下出来看我们,把我们拉下去陪他们。"

"艾斯丘,天哪!"

"你为什么搬来石门,基特?"

"我奶奶死了,我……"

"是死神把你召回来的,死神在召唤你。克里斯托弗·沃森,十三岁。你的墓碑早已准备好在等你,就好像在等候十三岁的约翰·艾斯丘一样。"

他探身向前抓住我的手腕。

"我要你跟我走,基特,跟我走,一起公平地玩那个叫

'死亡'的游戏。"

"艾斯丘,放开我。"

"我可以给你看一些东西,基特,你写故事需要的一切东西。"

他将我的手抓得更紧,狗又狺狺低吼起来,孩子们惊慌地窃窃私语。他开始拉着我走。

"你知道我为什么喜欢你吗?"他说,"因为我们都知道过去的黑暗,因为我们都知道死后的黑暗。"

"不错,"我说,"但我们同时也知道现在的光明,活着的光明。我们可以一起玩'生命'的游戏,艾斯丘。做我的朋友,回到石门来,回到现实的世界来吧。"

他发出野兽般的怒吼,将我抓得更紧。我意识到他手上的力量正逐渐征服他眼底的渴望。

"你这家伙!"他咬牙切齿地说,"该死的!"

挣扎中我用菊石砸了他的额头,连续砸了两下,他踉跄着后退,鲜血从额头上汩汩流出。我拔腿就跑,踩着冰雪的鞋底不断打滑。我听到野狗杰克斯在我身后追逐,我

紧紧握住菊石,准备随时反击,这时艾斯丘叫喊起来:

"杰克斯!让他走!"

我跳过围墙,一个箭步冲到大门后才停下,他的声音紧跟在后面响起:

"我会再来找你,基特·沃森,你心里明白,不是吗?等我再来找你的时候,我知道你一定会跟我走。"我转身往后看,却不见人影,只有冷冷的月光照耀在冰冻的雪上。

我蹑手蹑脚地进屋,回到自己的房间。

拉克的母亲还蹲在墙边,见我回来松了一口气。

她握着彩石的手伸向我,无声地说:带他回来。

第二十七章　更重要的事

冬至这天是这学期的最后一天，也是一年当中白昼最短的一天，最长的黑夜即将来临。

爱莉穿着绿色紧身裤和鲜红的大衣，整个人显得十分靓丽、纤细。她用发胶把头发梳得硬硬的，更加衬托出笑吟吟的脸蛋的可爱。她在雪地中手舞足蹈绕着我打转。

"怎么样？"爱莉笑眯眯地说，"怎么样？"她两手叉在腰上，一脸娇笑。

"嗯，"我说，"你很美，美呆了。"

"哈！哈哈哈！把你吓坏了，是吧？"

"是的，爱莉。"

"哈哈！所以你忍不住看我，你的大眼睛一会儿也离不开我，是吗，沃森先生？"

"是，爱莉，离不开你，一点不错。"

"我使坏的时候真的很坏，不是吗？后来我又变好，你还希望我再变坏,这样你才能再感到害怕,是不是这样,沃森先生?"

"是的,爱莉。"

"哈哈哈!我很棒!今晚我还会更棒!是不是,沃森先生?"

"是的,爱莉,你会的。"

"天哪,基特!我喜欢演戏!我太喜欢演戏了!"

我一边看着她旋转跳跃,一边朝学校走。她忽然抓住我的手。

"你知道吗?"她说,"有一天我真的会成为演员,你会在电视上看到我,你会说:那是爱莉·基南,她是我的朋友。"

我点点头。"我会为你写一个剧本。"我说。

她睁大眼睛,"好呀!"她说,"什么样的剧本?"

"不知道,有关石门的吧。"

"石门!你开玩笑!"

"是的,石门。我会为它取名叫《死亡游戏》,就从艾斯丘的洞穴说起,时间是冬天。他是个皮肤黝黑的大家伙,你是个光艳无比、活力四射的小精灵,我呢,介于你们两人之间。当一切变得杂乱无章的时候,你施展魔法,征服死神,把大家救出来重见光明。大约是这样的故事。"

"天哪,基特!"她拍手说,"那样我们俩就都成名了!"说着,她又手舞足蹈起来。

"艾斯丘昨晚回来了。"我说。

"真的?"

"昨晚演出完之后。我出去了,在河边跟他见的面。"

"天哪,基特!"

"除非是我做梦,除非是我的幻觉。"

"这么说,他没死喽?"她说。

我摇摇头!"我本来就不相信他会死,不相信那些胡说八道的谣言,他不过是有些疯狂罢了。"我挽着她的手,"没有人知道这件事,"我说,"你不要告诉任何人。"

"为什么怕别人知道他回来?"

"艾斯丘好像有什么难言之隐。"我说。

爱莉晃晃脑袋!"不就是个野蛮人吗?乡巴佬。"

"我想他需要朋友,爱莉。"

她瞪着我看了一会儿,然后,耸耸肩。

"我觉得那希望恐怕不大,不是吗?我反正还有比他更重要的事要思考。"说着,她停下脚步,双手往腰上一叉,"爱莉·基南,女演员,精力充沛,芳龄十三。"

我们继续往学校走。

"你今晚会再来看我吧?"她又说。

我耸耸肩,不置可否。

"你会来吧,基特?有你在场,我会演得更好。"

"好吧。"我说。

但我没看她,我心里在想,今晚还有其他更重要的事要做。

第二十八章　走入黑暗

一整天无所事事。老师三心二意，学生们更是野得要死。我们从墙上拆下圣诞装饰，从档案夹撕下旧的笔记塞进黑色垃圾袋。女孩子把锡箔纸绑在头发上和手臂上，边唱圣诞歌，边笑着、跳着。操场上的活动更激烈：孩子们躺在冰上，用背滑冰，互相叫嚷着、咒骂着，拉开喉咙尖叫着，拼命地向对方扔投雪球。太阳循着它一年当中最低的轨道，低低地挂在天上。学校中央的礼堂内，几个演员还在彩排《雪后》，准备今晚的演出。我像个游魂似的在教室和走廊间穿进穿出，沉默不语，无法和大家打成一片。我无法思考，一心只想跑开，从这里消失。我知道有什么东西在蛊惑我、监视我，在伺机而动捕捉我，将我带走。

午餐时，我见到爱莉，她脸上化着银色彩妆，开口闭口都是这出戏。她告诉我今晚的演出将会很精彩，她的演技会发挥得淋漓尽致。

"你还会来吧？"她说，"你会吧，基特，会不会？"

我眨了一下眼，不置可否。"会。"我模糊地答应着。

"你一定要来，基特，"她说，"我需要你，你不知道我有多么依赖你。"

我的目光越过她，从走道旁的大片落地窗望出去，从院子里一群玩得兴高采烈的孩子望过去，我看见艾斯丘的母亲抱着婴儿站在校门口，往校园内张望，寻找她的儿子。

"你会来吧，基特，会来吧？"爱莉说。

她抓住我的手，我把手抽回来。

"噢，爱莉，"我说，"为什么你总是谈你自己谈个不停？为什么非要显出你的与众不同？"说完，我快步离开她，躲到一个无人的角落里。

在两条走廊相交的地方，有人在暗处等我，那里原来挂着闪亮的圣诞灯饰，现在都被拆下来扔在光秃秃的树下堆成一堆。

"沃森，"那人小声招呼我，"克里斯托弗·沃森。"

他把半个身子隐藏在树后，有着浅色的头发，苍白的脸，苍白的声音，正是博比·卡尔。

"基特·沃森。"他小声说。

我没搭腔，只停下脚步瞪着他。

"对，"他说，"喊的就是你，基特·沃森。"

我听到操场上欢乐的尖叫，礼堂内诡异刺耳的音乐，这一切似乎都极遥远，仿佛来自多年以前。

"他要见你。"

"什么？"

"没听清？想啥呢？他要见你，他叫我来找你。"

我无法开口，无法思想。

"就现在。"博比说，他从树后闪出来。"就现在。"他说。

他走到我身边，看上去瘦小、苍白。

"他说你会去的，基特，他说他知道你会去的。"

我转头往来时的方向望去，看见一群身上戴满花花绿绿装饰的一年级学生，争先恐后地冲向明亮的户外。

"这边。"他小声说。

我跟着他，穿过走廊，穿过后门、厨房，绕过垃圾桶，进入学校后面的院子，再走出一道不锈钢栅栏，进入荒原。我再回头，看见艾斯丘的母亲已经走进校园，抱着她的婴儿在一群玩疯了的小鬼中间趔趄着往前走。

"这边，"博比说，"不要回头。"

他带着我走过旷野，来到石门的边缘，经过古老的矿坑小屋、狐土酒吧、艾斯丘家旁边的巷子尽头，进入山楂小路，再走上一直延伸到黑暗的沼泽区与冰冷的天空的小山丘。雪在脚下发出碎裂声，看不见踪影的鸟儿惊慌失措似的啾啾叫着。路上除了博比不时说"这边，这边，不要回头"外，我们没有交谈一句话。

太阳开始西斜了，冬至这一天，昼最短，最长的黑夜就要来临了。

山楂小路的尽头是一片空地，从前堆放煤渣的地方，如今杂草丛生，空地四周的石墙早已残破不堪。我们的脚踩破雪面上的薄冰，在及膝深的雪中困难地跋涉。衣服湿了，冰水渗到骨头里。我再一次回头，看见石门的住家屋

·旷野迷踪·

顶，一排排黑色的烟囱此刻正冒出一缕缕垂直上升的煤烟，远处孩童的嬉笑声仍依稀可辨。

"不要回头。"博比说。我们转身进入一处狭窄的溪谷，溪边长满一丛丛干枯的荆棘。我们身旁有几道冰冻的小瀑布，还有一些到此地玩耍的小孩和矿工所造成的土崖。土石和杜鹃与灌木的裸根纠结在一起。顺着小溪往上走，冰冷的感觉更强烈。再回头，石门的一切已经什么都看不见了，只能看见冰冻的斜坡和溪边的土崖。接着来到一处较平坦的地区，仍然傍着小溪，旁边紧邻一面陡峭的土坡，坡下长着几棵缠扭在一起的山楂树。

博比停下脚步，看着我。太阳已经落入溪谷的边缘，暮色逐渐聚拢，最长的夜已然降临。

博比看看表，对我笑了笑。

"不要紧，"他说，"往这边走。"

我们朝山楂树林走去。纠结的树枝扯着我们的衣服和皮肤，最后我们来到一个大约一人高的山洞，这是早年的矿井入口。曾经被用来遮掩洞口的木板，已被取下斜倚在

山壁上，木板上写着"闲人免进"，还印上一个骷髅头与交叉腿骨的警告图案。

博比又露出笑容。

"这边走，沃森先生。"他轻声说，引领我走入黑暗。

第二十九章　在坑道中

我们走进洞内,微弱的光线从洞口稀稀落落地透进来。我看出头顶上是低矮的砖造拱形天花板,再往里去是光秃秃的石壁和光秃秃的石顶,还有几根歪斜的坑木和石楣,有些石楣已经移位,坑道已经被坍塌的墙壁和屋顶堵住了。

博比开始动手挖开瓦砾,一脸的兴奋。他对我说:"这边走,沃森先生。"

他的面前出现了一道裂缝,可容我们进入黑暗。我停下不动,我在这里做什么?谁也不能阻止我出去重新过我的生活。

他窃笑着。

"这里经过一百年才塌成这样,"博比说,"也许再过一百年都不会有事。"

他钻进裂缝里。一会儿他的脚不见了,又过了一会儿他的脸重新露出来,对我笑着:"害怕啦,沃森先生?"

"他真的在这儿吗?"

"真的,真的,真的,真的!"他伸出手来,"要不要拉你一把?"

我咬紧牙关跟着他钻进去,穿过裂缝,进入更深的黑暗。有一阵子我跟不上博比了,他就坐在前头的碎石堆上等我。

"你是个勇敢的孩子,沃森先生。"他说。

我们的声音在冰冷、寂静的空气中显得有些窒闷。

湿透的裤管沾在我腿上,我不住地发抖,开始想家,想念温暖的厨房。我告诉自己:"别去了,回家!"但我知道我不能回头,我被什么驱使着,同时又被眼前的黑暗所吸引。我把手伸进口袋握住菊石。

"前面比较难走,沃森先生,现在好走了。"

我没吭声。

"怕吗?"博比问。

我听出他的揶揄。"带我去找他就是了。"我说。

他继续往前,"头低点,"他告诉我,"小心石头。"

· 旷野迷踪 ·

我的头和肩膀不时撞到石楣、坑木和岩石。只能小心翼翼摸着石头往前爬,眼睛一刻也不敢离开前头博比弓着腰的身体,尽可能跟上他的脚步。最后我们看到远处出现了一点摇曳着的微弱亮光。

"看哪,"他说,"看见没?"

"艾斯丘在那儿?"

"对。"

我打了个寒战,加快脚步走向亮处,但没走几步,又猛地煞住脚。那只黑狗坚定地出现在前面,发出狺狺怒吼,接着我听到艾斯丘的声音:"坐下,杰克斯!"然后只见到他的侧影和苦笑着的脸庞在坑道中闪现出来。

"沃森先生,"艾斯丘轻声说,"请进。"他的脸上带着笑容,"我不是说过吗,我会选好时间和地点来找你?"

坑道在这里豁然开朗,分成两条。地中央燃烧着一小堆火,旁边有一些山楂树枝和煤渣堆放在墙角,火旁有一桶融化的雪水,两只剥了皮的躺在一块铁板上的兔子,此外还有几根烤肉棒子、几把叉子、一把小斧头、一把刀子、

一包香烟，以及一堆毛毯。黑狗趴在地上，注视着我，牙齿和眼睛闪闪发亮，口水从唇齿间滴下来。

"随便点，不要拘束。"艾斯丘说。

他蹲在火旁，朝火堆扔进一把山楂树枝。在猛然爆发的火焰照耀下，我瞥见墙上画了许多狞笑的牛鬼蛇神图像，写着很多人名。他把脸靠近火焰，点着一根香烟。

"艾斯丘，"我说，"这样太危险，万一瓦斯……"

"砰！"他说，"引发爆炸和大火，我们就都完了。"

博比听得咯咯直笑。

"胆小鬼。"艾斯丘说。

我们隔着火焰相对，我看见他额头上凝固的血迹。他的脖子上围着一条兔子毛皮做成的围巾，头发凌乱地纠结在一块儿。

"我就知道你会来。"他说，"你和那些家伙不一样，我知道你会来。"

"你母亲到处找你，艾斯丘。"

他垂下眼睛。

·旷野迷踪·

"她成天哭,抱着婴儿到处找你。"

"以为我死了,是不是?也许结果就是如此,说不定这样倒好。"

"跟我回去,艾斯丘。"

他把一些树枝丢进火堆,然后松开上衣,他胸前画着一些动物和脸孔,脖子上戴着一条用煤渣、干枯的山楂果、兔子骨头以及一小块动物头骨串成的项链。他用肮脏的手抓起剥了皮的兔子,用烤肉棒叉好,搁在两块石头中间烧烤,嘴里哼着:

"啊,啊,啊——"

他朝着我苦笑。

"穴居人,"他说,"他们是这么叫的,我以前听说过。该死的穴居人。啊,啊——现在他们可是说对了。"

博比又笑起来,艾斯丘忽然跳向他,把他压倒在地上,一条腿跪在他身上。他的手伸出去抓起斧头,在博比头上高高举着。

"啊!"他喊道,"啊!拿命来,你这个胆小鬼!"

他的斧头落下,却在距离博比的脸一寸的地方猛然煞住。他看了我一眼。

"饶命,穴居人饶了这个胆小鬼一命吧。"

艾斯丘盯着博比的眼睛。

"你出去,"他咬着牙说,"不准告诉任何人我的情况,如果你说了,我会找到你,让杰克斯把你撕得粉碎。"

"撕得粉碎。"博比微微颤抖着说。

艾斯丘站起来,一把抓住博比,将他推出去。我们看着他消失在黑暗中,听见他凌乱的脚步匆匆跑向最漫长的黑夜。然后艾斯丘转向我,我从他的眼睛里读出这样的信息:现在一切靠你自己了,沃森先生。

他放下斧头,又扔了一些树枝在火中,脱下上衣,半裸着蹲下,他的皮肤在火光中发亮,目光深沉、阴郁。

"这就是死亡。"他轻声说。

第三十章　你是我的朋友

杰克斯趴在入口处,啃着几根带血的骨头。它的牙齿和眼睛闪着亮光,口水不断滴下来,保持着警惕性,并不时发出低狺。

我揉揉眼,眼睛因为燃烧的山楂树枝和烤焦的兔肉冒出的浓烟而刺痛,烟雾低低地笼罩在我们头上,缓缓蔓延开去,飘向附近的坑道。

艾斯丘看着我,笑道:"我们已经消失了,基特,这就是死亡,如假包换的死亡。"

"艾斯丘,你这家伙。"我说。

他注视着我,又转头看看墙壁,上面写着:约翰·艾斯丘,十三岁;克里斯托弗·沃森,十三岁。

"我和你。"他说。

"不是我和你,那是很久以前别人的名字。他们都是穷人家的孩子,被迫下矿井,结果命丧黄泉,一去不回。"

"命丧黄泉，一去不回？"他笑了。我们侧耳细听，听到那些孩子在树枝的噼啪声和烤兔肉的咻咻声中低语。我们抬起眼睛，看见他们在烟雾中若隐若现，可怜的孩子从往昔窥视着我们。

"看到他们没？"他悄声问。

"是，我看到了。"

"我知道你看得见，有些人看得见，有些人看不见，你和我，我们俩是一样的。"他翻转烤肉串上的兔肉，血和油滴进火中。

"你不是假装的。"他说。

"为什么？"

"为什么？你不知道为什么？你没有假装，我们玩那个游戏时，你并没有假装。"

"没有，我没有假装。"

"会感到一切都消失了，不见了。"

"是的。"

"这就是死亡，有些人知道死亡的滋味，有些人不知道。你和我，我们是一样的。"

他舔舔手指，往火堆里又添进去一些树枝。

"约翰·艾斯丘，十三岁，"他喃喃地说，"克里斯托弗·沃森，十三岁。"

"艾斯丘，哥们，我们出去吧。"

他笑着，举起刀子，指指我。

"不行，我们到这里来，就是要玩死亡游戏。"

他观察着我的反应。

"在这里面，我可以对你为所欲为，"他黝黑脸庞上的眼睛在乌黑的头发下炯炯发光，"你心里明白，不是吗？"

"是的。"

"那你为什么还要来？"

我不置可否，不知说什么好，"不知道，"我说，"为了你吧，我不知道。"

"为了我们，基特，穴居人和乖孩子，约翰·艾斯丘与基特·沃森。我们是一样的。"

他将刀子扔在地上。

国际安徒生奖儿童小说

"这不是游戏,"他说,"我要带你走,克里斯托弗·沃森,我要让你消失,然后我自己消失。我要让我们两个从这个世界消失,像以前从矿井里消失的孩子们一样。"

他的手往胸前一抹,画在上面的脸霎时扭曲变形。他将手指伸进火旁的灰烬中蹭了蹭,在脸颊上画出一道道黑色的条纹。

"在这里面,"他说,"没有白天,没有黑夜,人半醒半睡,半死半活,跟枯骨和鬼魂,以及无限伸展到亿万年以前的黑暗共存。"

他又往火堆里添进更多的树枝,火焰熊熊燃烧,烟雾袅袅地涌进坑道,魔鬼从墙上睥睨着我们。

我又揉揉眼睛,艾斯丘露出笑容。

"对了,"他咬着牙说,"眼睛擦亮点,看仔细了,基特。"他从香烟盒里取出一根香烟,"吸一口,基特。"

我吸了一口烟,立即感到天旋地转。他笑起来,狂野的面孔和发亮的身体在火光中摇晃。伴随着项链的摇荡,他举起斧头,重重地砍到地上。

"说个故事,基特。"他说。

"说什么?"

"说什么?又装蒜?哈哈哈,那我来说。"

艾斯丘又一次将斧头砍进土中。

"有个少年,"他说,"他有个经常醉酒的父亲,这个父亲的脸生气时是黑的,喝醉时是红的。他常对他的儿子发脾气,骂他蠢,骂他笨。孩子小时候,他动不动就对他拳打脚踢,长大以后揍得更凶。有时把他揍得身上到处淤青、头痛得要死。他在孩子的耳边对他说不如去死,死了倒好,用不着在人间受苦。有时他打他,打到一点声音也没有了,只有无言、无知觉、不省人事。再也没有什么少年了,他消失了,直到他又醒来,一切又从头开始。"

他将斧头重重砍进土里。

"艾斯丘。"我轻声说。

他又往火堆添进更多树皮。

"仔细看,基特,"他说,"仔细听,你听到那些瘦削的小孩在低语、在抽泣吗?这就对了,基特。"

国际安徒生奖儿童小说

泪水从他眼中滑下。

"我看见你爸爸在旷野中呼喊你,"我说,"我看见他为你哭泣。"

"我要杀的是他,不是你,基特。我和杰克斯,我们会杀了他。"

"艾斯丘,拜托。"

他继续向火里添加更多的树枝,一边手舞足蹈地在火旁舞动着,后来又将斧头砍在地上。

这时,一个模糊的小身子忽然迅速地从我们眼前跑过,在烟雾中闪闪发亮。

"银孩儿!"我轻声说。

他又从眼前跑过去,在光线可及的边缘停一下,望着我们,然后匆匆跑进黑暗中。

"是的,银孩儿,"艾斯丘说,"小银孩儿,跟以前一样,但是听我说,基特,我在这里面看过更深的黑暗中的鬼魂,我看见他们从过去更深沉的黑暗中出现。我看见约翰·艾斯丘和基特·沃森,还有好几千年以前的小银孩儿。他们来找我,因为我看得见他们,我要把他们召回来。啊!啊!"

他捶着胸脯,往身上抹更多的黑灰。他昂着头,像野兽般发出吼声。

"啊!啊!"

他把身体往前倾,靠近火焰,喘着气。"帮助我,基特。"他说。

"怎么帮?"

"怎么帮?你不想帮我吗?帮我把他们引来,引他们出现。啊!啊!"

他又添进更多树枝,吸了一口烟,用斧头重重地砍地,然后盯着坑道。

"仔细看,基特,"他悄声说,"揉眼睛,眯眼睛,看他们出现。"

我仔细看,什么也没有。

"我看到过,"他说,"我真的看过他们。啊!啊!"

我伸手拍拍他的肩膀。

"艾斯丘,哥们,"我说,"艾斯丘。"

"啊!"他喃喃地说,"啊!"

他忽然一屁股坐在地上,将衣服拉好,裹紧上身,发起抖来。我蹲在火旁,将山楂树枝投进火中,然后拿起两条毛毯,一条裹住艾斯丘,一条裹住自己。我又从桶子里舀出一点融化的雪水喝下,再翻转烤肉棒上的烤兔肉。我想到外面深沉的黑夜,想到我母亲发现我失踪后的眼睛。我揉揉眼睛,仔细凝视从黑暗中窥视我们的饱受惊吓的小孩,其中数小银孩儿最亮。

"我为你写了一个故事,"我说,"正想拿给你看,你就失踪了。"

他不说话。他从桶子里舀水喝,又点着一根烟。我再次拍拍他的肩膀。

"你说得对,"我说,"你和我,我们是一样的。"

"你是我的朋友吗?"他轻声说。

"是的,约翰,我是你的朋友。"

第三十一章　歃血为盟

兔肉外皮焦黑，里面带血。我们默默地吃着，不住地发出啧啧声，口水和着血水从我们嘴角流下来。杰克斯趴在我们中间啃它的骨头。

"每个人都有善良的一面。"我说。

艾斯丘对着火焰呸了一声。

"有的，"我说，"只要发掘它，引它出来。"

"我想了很多年了，"他说，"想我要怎么干。我想过用石头、用刀、用毒药，想我们站在他面前，看着他断气；想那一刻，我们该有多快乐。"

我咂了咂嘴："这太蠢了，哥们。"艾斯丘望着我，我看到他眼中的阴霾。

"说话小心点，基特。"他喃喃地说。

黑狗撇着嘴对空号叫。

"是你，"我说，"他们需要的是你，不是手上握着小斧

头的野孩子。"

一阵长长的沉默。我们啃着兔肉，一会儿他望着我，把吃剩的骨头丢进火中。他拿起斧头，在大拇指上划一下，血从刃锋划过的地方流出来。随后将斧头对着我。

"手伸出来，"他说，"我割一下。"

我看着他，伸出我的手。他一把抓住，用斧头在我的大拇指尖轻轻一划，然后他将我们两人的伤口贴在一起，把两只拇指紧握在手心。我们深深地凝视着对方。

"现在我的血中有你，你的血中有我。约翰·艾斯丘，十三岁，克里斯托弗·沃森，十三岁，现在歃血为盟。"

他松开手，点着一根烟，我啃着兔骨头。瘦削的孩子们在窥视，银孩儿在窥视。

"尝尝血的味道。"他说。

"什么？"

"尝尝你拇指上鲜血的味道。"

我舔了一下拇指，有一种铁锈味。

"哪个是我的，哪个是你的？"他问。

我摇摇头。

"分不出来,基特,味道都一样。"

"对。"我说。

"你刚刚吃的兔子,它的血味道也差不多一样。"

"是的,熊的血或鹿的血,味道也都几乎相同。"

"哈,答对了,基特。野兽的血,人的血,都一样。"

他拉紧毛毯,注视着火焰。

我揉揉眼睛,摇摇头,眯起眼,恍惚间他好像变成了一个披着熊皮、怀里抱着婴儿的少年。

我不由得倒抽一口气。

"什么事?"他说。

"没事,累了,想睡觉。"

"这里还有一些毛毯。"他说。

我摇摇头。

我揉了一会儿眼睛,从桶子里舀出一些融化的雪水喝;忽然又看见熊皮了,披在艾斯丘肩上;还听到婴儿的嘤嘤哭泣。

"你的家人需要你,艾斯丘,他们爱你,如果你回去,就可以帮助他们。他们需要人保护。甚至你也可以保护你父亲不受他自己的伤害。"

他看着我,眯着眼睛仿佛在注视艳阳。我不由得发起抖来。我揉揉眼睛,揉揉耳朵,摇摇头又咬咬下唇。婴儿从艾斯丘的怀里发出嘤嘤的哭声。

我喘了一口气,"艾斯丘!"我上气不接下气地说。

"什么事?"

我摇摇头。"没事,做梦,没事。"我伸出手拍拍他的手臂,"艾斯丘,回家吧,救救婴儿吧。"

他又眯起眼睛,把手伸进怀里,轻声细语地抚慰婴儿。瘦削的小孩叹息着,他们现在靠得更近了,从最深沉的黑暗中步步接近。他们专注地望着我和艾斯丘。

我一边摇头一边看表。这么晚了,夜已深,脑袋被烟雾和漂浮的幻影熏得昏昏欲睡。我闭上眼睛,看见夜又黑又长,无止境地延伸。睁开眼睛,我看见拉克裹着熊皮。

"你说的那个故事是怎么回事?"艾斯丘说。

"故事?"

"你写给我的故事。"

"一个少年的故事,发生在很久很久以前。"

婴儿又嘤嘤地哭起来,我伸手摸着艾斯丘的手臂。

"少年就是你。"我说。

"还有谁?"

"我累了,艾斯丘,我要睡觉。"

"给你毯子。"

他又丢了些柴火进火堆,火焰越烧越旺,烟雾也变得更浓了。我们包着毛毯,靠着火堆躺下。闭上眼睛,我看见拉克的母亲蹲在我身旁,伸出握着彩石的手掌,嘴巴一张一合地说:带他回来。

"说给我听听。"

"我累了,约翰。"

"说给我听听。"

带他回来,拉克的母亲又说。

婴儿在艾斯丘的怀里嘤嘤地哭泣。

国际安徒生奖儿童小说

"他叫什么名字?"艾斯丘说。

我望着火焰,看见他披着熊皮热切地盯着我。我闭上双眼,在脑中抽丝剥茧地寻找故事的脉络。

"他的名字叫拉克。"我喃喃地说,开始像进入梦境般魂游在故事中。

第三十二章　拉克的母亲

当我开始讲故事时,她从最深沉的黑暗、从地底深处、时间深处走了出来。她穿过最长的坑道,进入火光可及之处的边缘。她在瘦削的孩子们和银孩儿后面停顿了一下,然后经过他们的头顶、经过他们的身边走了过来。我眯着眼睛,看着她晃悠悠地飘过火堆。目睹她飘进这块空地。她身上披着兽皮,脚上绑着兽皮,蹲坐在画了许多野兽与恶魔的岩壁下。她专注地望着我,我喃喃地讲着故事。当我说到山洞内人与熊的格斗,她失去了婴儿,以及拉克失踪的时候,她眼中露出明显的焦虑。"我看见了,"艾斯丘说。他躺在地上,闭着眼睛:"我看得一清二楚。"

"太好了。"我说。

"说下去,"他说,"不要停,说下去。"

我继续给他们两人讲故事。我眯着眼,与她对视,看出她为拉克战胜了野熊而喜悦,又为他回到山洞后却发现

人去洞空感到锥心的痛苦。她似乎想告诉我,或者想解释——想告诉我拉克和妹妹应该走的路线,但她只是焦虑地握紧双手,嘴巴一张一合,无声地说:带他回来,带他回来。

"你又停了,"艾斯丘说,"继续说下去,别睡着了。"他看着我说,好像世间除了我以外空无一物。"说下去。"他轻声说。

我讲述着拉克如何捕杀母鹿,如何饮鹿奶和鹿血,还有他心中的希望。他加快脚步往南方走,婴儿满足地在他怀里睡着了。在他身后,黑色的大鸟在天空盘旋,用力振翅向下俯冲。

他们在冰川上的山崖走了一整天,他把融化的雪水滴进婴儿的口中,轻声细语地抚慰她,自己则小口小口地吃着鹿肉。短暂的白昼结束了,黑夜来临,他们找到山崖上一个浅浅的洞穴栖身。拉克用石缝中长出的带刺的树枝生火,和他的狗卡力依偎着在火旁睡下,婴儿安稳地躺在中间。他在梦中见到他的家人,梦见全家住在一处有高高的

· 旷野迷踪 ·

圆穹的山洞里，洞外是一片青青草原，一条水源充沛的河流和高挂在天上的太阳。青青河谷一路往上深入茂密的森林，河里的鱼儿在跳跃，阳光下鱼鳞闪耀；树上坠满丰硕的果实，高高的蔓草被肥大的种子压得弯下了腰；家人在岸边自在逍遥，婴儿光着身子躺在柔软的草地上，四周长满鲜艳的花朵，她踢着腿，挥舞着手臂，高兴地咯咯笑。可惜这只是一场梦，醒来后他面对的又是艰苦的一天。太阳一寸寸爬上冰冷的天空，火熄灭了，刺骨的寒意渐渐袭来。他们饮雪水，啃鹿肉，吃一点从树上摘下的浆果，继续上路。拉克感觉他们的旅程似乎永无尽期，视线所到之处，只有山脉和冰雪。短暂寒冷的白昼，更冷更长的黑夜，唯一指引他们往南走的只有低矮的太阳。他们睡在浅洞内，睡在岩石隙缝中。一天，拉克又捕杀到一头鹿，卡力也叼来一只还在滴血的兔子。他们看到山脚下有熊、有长毛象和野牛。每天都有黑色的大鸟在头上盘旋，裹着兽皮的婴儿一天比一天消瘦。卡力拖着脚步哀鸣，拉克也是皮包骨头。当他给婴儿喂水，当他敲击燧石点火时，手就会抖个

不停。每天他醒来,第一件事就是用颤抖的手摸摸婴儿,每次他都以为婴儿肯定已经死了。他们就这样挨过一天又一天,跟着太阳走,直到再也没有力气,没有希望,没有地方可去。那天早上,拉克步履蹒跚,脚下一滑,滚落在山沟里昏了过去。虽然醒转过来,但已失去了求生的意志。他把手伸进怀里,冰冷的妹妹动也不动贴在他胸口上。他向太阳神做最后的祈祷,祈求让他们在大鸟飞下来之前就得以解脱,然后他紧紧抱着妹妹。苍白的太阳迅速消失,大地被最深沉的黑暗掩盖。

我暂时打住故事,透过摇曳的火花,我看见拉克的母亲用双手捂着脸,泪水从她的指缝中渗出。后来她又望着我,好像在恳求我。

"别停啊。"艾斯丘喃喃地说。

他面向火侧身躺着,双眼紧闭,仿佛在睡觉。

火光中,他身上的毛毯恍惚中变成熊皮,又变成羊毛。嘶嘶的火声中,隐约听到婴儿的嘤嘤哭泣。时空逐渐倒退到远古以前。

"继续说下去,基特,说下去。"

"艾斯丘。"我小声说。

"什么事?"他睁开眼睛望着我。我的视线转向拉克的母亲。

"那边。"我小声说。

他往火势渐弱的火堆望过去。

"眯眼睛,约翰,眯着眼睛。"

"什么东西?"

接着他屏住呼吸,目不转睛。

"看见了,"他说,"我早说过还有别的鬼魂,不是吗?"

他朝拉克的母亲伸出手掌,好像欢迎她。她以哀求的眼神望着我们。

"说下去,"艾斯丘说,"别停,基特,继续说。"

我闭上眼睛,整理一下思绪,再次出发。

拉克紧紧抱着婴儿,她一动也不动。他抱着她摸黑往山下走。他听到祖先的声音,亡灵的声音,在呼唤他、欢迎他。他感觉到他们的手在触摸他,引导他接近他们。他

走进所有亡灵都会出现的巨大山洞，那里没有火，没有阳光照亮洞口。他靠着山壁躺下，怀中抱着婴儿，隐形的祖先围绕在他四周。

是婴儿的哭声带来了光明———一点点光线。她又哭了，微弱，但频率很高。她不安地在襁褓中扭动，细细的手指抓着他的胸膛，他挪动身子，好让她躺在他身旁的熊皮里。光线越来越强，照进狭窄的隘口，亮得他睁不开眼睛。婴儿放声大哭，使尽全力拉开喉咙，她饿了，她不愿意死，她要活着。他想再看一次太阳，但睁不开眼。汗水濡湿了他的皮肤，骨头里仿佛有烈火在燃烧。他从隘口往下看，山谷中有一条泛着银光的河流，有果树，以及长长的蔓草。一群鹿群正缓缓经过山坡，色彩艳丽的鸟儿在山崖下飞翔。山脚下还有人类，披着少少的兽皮，戴着项链，身上有彩绘，头上插着羽毛。拉克看得目瞪口呆，婴儿又大声哭了起来，哭声中，拉克听到有人说：这些景象将会重现，这些景象将会重现，这些景象将会重现。

他又回到冰雪的世界，冰冻的山谷，低矮的太阳和他

·旷野迷踪·

饥肠辘辘的肚子。他紧紧抱着婴儿,喂她雪水。然后他离开隘口,翻越山崖。他已经知道太阳在天空的正中央,太阳神的神谕已嵌入他的心底。那天,他开始看见山脚下有披毛皮的人类,他怀着无比的勇气,下山走向他们。

第三十三章　拉克与家人相聚

　　我看到艾斯丘听着听着头开始往下点，呼吸逐渐变深变长。杰克斯也睡着了，只剩下一堆残火还继续烧着。拉克的母亲温柔地望着我。我拉紧毛毯，继续述说那一发不可收拾的故事。我梦呓般地叙述着拉克在冰原的日子，以及他如何从别的家庭得到的庇护的情节。我提到婴儿日渐茁壮，早先隐藏在冰雪下的绿色植物开始冒出芽尖，河水又开始流动自如，太阳往上又爬高了些。他听到一些有关他家的传言，有人见过他的家人，也和他们接触过。是的，他听说这个家庭有个婴儿被大熊抢走，他们的儿子追了上去，也失踪了。拉克循着传言一路追踪。他走了许多天，仔细探询他们的下落，终于有一天，有人给他指了一条通往河边的路。河边长着青草，草上开着小白花，小白花旁有个山洞的入口。拉克在洞口迟疑了一下，看见山洞内烧着一堆火，几个人影蹲在火旁。

婴儿嘤嘤哭泣，他的狗也在呜咽。

"啊！"拉克轻声呼喊，"啊！"

他的呼唤在岩洞内轻轻回响。

"我是拉克！"他喊道，"拉克怀里带着婴儿达尔回来了，啊！啊！"

艾斯丘在睡梦中动了一下，发出模糊的呻吟。拉克的母亲坐在地上伸出双手，准备迎接她的宝贝和儿子。我深深地注视着她。

拉克走进山洞，"我是拉克，"他大声说，"这是婴儿达尔。"

蹲在火旁的脸个个转向他，小孩与父亲看起来是那么脆弱无助，他们的身形仿佛都缩小了，母亲高兴得说不出话来，张开双手迎接她的孩子。

我们隔着灰烬相互凝望。

艾斯丘动了一下，又沉沉入睡。

"继续讲，"我喃喃地说，"继续讲。"

拉克挺身在火堆边站起来，打开熊皮，展示怀里安然

无恙的妹妹。母亲也站了起来,拥他入怀。

我在等待。故事说到这里已进入尾声,我等待幻影消失。这时,拉克的母亲放开儿子向我走来,她在我面前站定,朝我弯下腰,我看见她眼中满含泪水,感觉到她的呼吸。她抓起我的手,将鲜艳的彩石放进我手心,又摸摸我的脸,这才偕同她的儿子走出火光的照射,越过一张张专注的脸庞,返回最深沉的黑暗。我睡着了,四周一片漆黑,一点知觉也没有,直到银孩儿出现,在我面前忽隐忽现,然后爷爷紧紧抱着我。

"基特,"他轻轻喊我,"基特。"

"爷爷!"

"别担心,基特,他们会来找我们的。"

第三十四章　少女拯救失踪少年

我躺了有一百万年之久，四周一片黑暗，火也灭了，只有爷爷抱着我。忽然远处的坑道中响起脚步声，伴随着摇曳的亮光。

"约翰，"我悄声说，伸手碰触艾斯丘，"约翰。"

他嗯了一声，挪动身子："怎么了？"

杰克斯在黑暗中发出低狺。

"坐下，乖。"艾斯丘说。

脚步声更近了，一圈手电筒光柱照射在岩壁上。

"你跟我一起出去吗？"我小声问。

没有回答。

"约翰。"我说。

"好，我出去。"

"基特！基特·沃森！"

我忍不住微笑，是爱莉的声音从坑道中传来。

国际安徒生奖儿童小说

"这里!"我高声说,"我们在这里!"

"基特!基特!"

"爱莉!"

"我整个晚上都梦见那个婴儿,"艾斯丘说,"梦见我抱着她,保护她,像故事中那个少年保护他妹妹一样。"

我们听到爱莉的声音更近了,她在呼唤。

"我的心上有一个属于她的角落,我需要她再度填满它。"艾斯丘伸出手,抓住我的手腕,"这是真的,是吗?我们真的看到了这一切?"

"是的。"我说。

"你真的看到我跟拉克的母亲一起走?我的灵魂?"

"是的,我看着你走向她,然后与她一同消失。"我好像仍能感觉到手心的彩石,我紧紧握住拳头。

"刚才醒来,"艾斯丘说,"我还不敢确认我在哪里,我以为我会和她还有婴儿一起醒来,在好几千年以前的山洞里。"

他顿了一下,然后吸吸鼻子。

· 旷野迷踪 ·

"我害怕。"他小声说。

"别怕,约翰,我会尽力帮你,我们已经有了血盟。"

这时爱莉进来了,她用手电筒照着我和艾斯丘,我们在熄灭的火堆旁坐起来,身上还裹着脏污的毯子。杰克斯低狺着,手电筒光照到它时,它摇起了尾巴。我们看不清爱莉的脸,只看见她在光源后面的黑色身影。

"天哪,基特!"她惊呼,"天哪,基特!"

她一进来,立即蹲在我身边,手电筒光照着她的脸,她身上穿着冰雪少女的戏装,脸上涂着银色的油彩,手指弄得好像尖尖的爪子。

"外面闹翻天了,"她说,"他们在河边打捞你,你爸妈昨晚来我家,今天早上又来,他们说我一定知道你在哪里,我说我不知道,我没告诉他们你说过的有关艾斯丘的那些话,后来我想到了,我去找博比·卡尔,硬逼着那个胆小鬼说出来,但是我没告诉大人们,我不想让他们抱太大的希望。"

她用手电筒正照着艾斯丘的黑脸。

"天哪，艾斯丘，"她说，"瞧你这样子！"

她又摸摸我的脸。

"你们家里人急死了，基特，他有没有对你怎样？"

"没有，爱莉。"

"你们都还好吧？"她说。

"是的，我们两个都很好。"

"哈，早知道你会这样。早知道你会和这个愚蠢的老粗再玩这种愚蠢的游戏。"她又一次拿手电筒去照艾斯丘，"艾斯丘，好家伙，我快被你逼疯了。"

接着她笑着说："走吧，把东西收拾好，趁这个地方没塌下来之前赶快出去。"

借着手电筒光，艾斯丘将桶里的水全倒在灰烬上，然后把他的斧头和刀子丢进桶内。接着我们一块收拾好毛毯。忙碌中我的拳头一直握得紧紧的。临走前，我和艾斯丘又看了坑道一眼，许多眼睛专注地看着我们，银孩儿在中间闪闪发光。

"走吧，"爱莉催促道，"还看什么？"说完，她带头往外走去。

我们跌跌撞撞穿过坑道，拨开落石，走出砖造拱门和山楂树林。强烈的阳光照射在狭窄的河谷上，我们用手臂遮住眼睛，爱莉忽然大笑。

"看看你们！看看你们！"她说。

艾斯丘和我互相对看，我们的脸上满是脏污的血迹和煤黑，连艾斯丘都忍不住笑了起来。

我张开手心，展示握在手里的鲜艳彩石。

"那是什么？"爱莉问。

"礼物。"我说。

艾斯丘伸手摸摸彩石，目光炯炯地望着我。

"天哪！"爱莉说，"你们两人之间发生了什么事？"

我合上手心。

"别担心，"我说，"我们会把一切都告诉你的。"

然后我们蹚过及膝的雪下山。

在我们即将转弯走下最后一个斜坡的时候，爱莉叫住我们，给我们看她的银色戏服。她舞了舞银色的爪子，在

阳光下展示涂着银色彩妆的脸蛋。

"我特地穿上这套戏服来拍照，"她说，"等一下会有好多相机对准你们的救命恩人。少女拯救两名失踪少年，带他们重回人间。爱莉·基南，女演员，精力充沛，救命恩人，芳龄十三。"

"你的样子很好看。"我说。

"谢谢，沃森先生！艾斯丘先生怎么说？"

"你很好看。"他嗫嚅地说。

爱莉点点头："你的态度有待改变，艾斯丘先生，不过，还算可以。"

于是我们一行人——脸上熏得焦黑、脖子上戴着骨头项链、身上画着图案的少年艾斯丘，脸上涂着银彩、手上戴着银色爪子、亦邪亦正的冰雪少女爱莉，紧跟在后面的野狗杰克斯以及手上握着彩石的我，朝着石门的方向走去。

第三部
春　天

　　我们回来了。他们以为我们失踪了,他们以为我们死了,可是他们错了。

　　谁能想到我们还会再回来呢?曾有那么一刻,似乎在我们的生命中黑暗永远不会结束,不可能再有光明,而一切只缘于在秋天玩的一个游戏。

第一章　警察来家访

彩石躺在我的书桌上，和菊石、小马、木化石一起放在一个盘子里。爷爷的采矿灯也在旁边，他的结婚照挂在了我的墙上，他的歌声在我耳边盘旋，他的故事不时出现在我的脑海中。屋子外面，冰雪已经消融，大地一片翠绿，孩子们穿着牛仔裤和T恤在户外玩耍，他们在开年最早的一场晨雾中奔跑，在清朗明亮的光线中扬起一阵阵灰尘。河水又恬然自在地往下游流去，冰雪始终没有封住整个河面。春天是什么时候降临的？三月？时光倒流的那一天？还是从冬至结束的那个破晓时分开始的？总之，从那一刻开始，白昼变长，黑夜开始变短，世界又变得欣欣向荣。

因此，当我们从废矿井走回石门时，已经是春天了。圣诞节自然也是在春天，而就在春天，爷爷回家与我们最后一次团聚。

路上，我们看到警方的小船停泊在河面上，警察和邻

居们在山楂树林的雪地上挖掘着；我们看到聚在一起的焦灼的大人和一旁凑热闹的小孩；我们看到所有的面孔都转向我们，听到大伙儿如释重负的惊呼声。他们在那里！看！他们在那里！所有的人都蹚着雪跑上山来迎接我们，为这些失踪的孩子奇迹般的归来而又惊又喜。他们围绕着我们，个个瞪大了眼睛，仿佛我们是鬼魂，又仿佛我们是某种诡异梦境中的怪物。

"瞧他们，"他们交头接耳，"瞧他们的模样。"

警察两手叉腰，面无表情地看着这一切，一语不发。小孩子伸手摸摸我们，嬉笑着，匆匆赶回石门去报信。回到石门，艾斯丘的母亲抱着婴儿，从坑坑洼洼的巷子尽头赶出来迎接。她在儿子面前站定。艾斯丘张开肮脏的双臂拥抱他的母亲和妹妹，母子俩忍不住失声痛哭。她又推开众人走到我面前，脸颊上还留着从儿子脸上沾上的泥土与炭灰。她抓住我的手，我感觉到她的戒指和指甲深深陷进我的皮肤。

"你把他带回来了，你真的把他带回来了。"她说。

"还有我！"爱莉说。

"是的，"艾斯丘太太说着，在爱莉的脸上亲了一下，"还有你，你们两个。"

爱莉和我继续走回家。她一路蹦蹦跳跳，扬着银色的脸，张着银色的爪子。是的，她告诉他们，是的，她早知道该去哪儿找我们，是她带我们出来的。她紧紧抓着我的手臂，"他们吓死了，"她说，"吓得不知如何是好。"当我们来到荒原，拐进回家的小路时，当我的父母从家中冲出来时，我不禁浑身颤抖。

人们一定以为我已经死了，他们一定以为今生再也见不到我，他们一定以为我会被人从河里捞出来、被人发现僵死在雪洞中、被人发现头颅破裂或被刀子刺进心脏，倒卧在暗巷里。我要如何告诉他们那些鬼魂和故事在整件事情中所发挥的神奇力量？我要如何告诉他们，我们曾经在梦境中走过的洞穴与坑道？我要如何告诉他们有这么一个少年和他的母亲，曾从远古的过去和深沉的黑暗中走出、浮现在我们面前？我要如何告诉他们，一些死去的人常来看我们，而且其中还有个十三岁的约翰·艾斯丘、有个十三岁的克里斯托弗·沃森？我要如何告诉他们，关于我手中彩石的真相？不过我倒是告诉了他们艾斯丘的痛苦与恐惧、还有他的孤单。我告诉他们，他的内心有个始终没机会成长的婴儿；我告诉他们，艾斯丘和我的确被某种因缘联系在一起。

"约翰·艾斯丘，"他们说，"那个野孩子，约翰·艾斯丘。"他们仔细检查我有没有受伤。

"他有没有对你怎样？"他们说。

"没有，"我说，"没有，他成我的朋友了。"

警方也问相同的问题。他们穿着黑色的制服，坐在厨房里喝茶，一男一女。"他有没有对你怎样？"男的说。

"没有。"

"你可以告诉我们，"女的温柔地说，拍拍我的手，"别担心，有麻烦的是他，不是你。"

"真的，"我说，"没有事。我去找他，我们聊天，吃烤兔肉，不知不觉天黑了，我们只好在废矿井过夜，然后我们就出来了。"

男的抬起眼睛，对我父母摇摇头。"我们可以找个医生来替他做检查。"他说。他们望着我。

"用不着，"我说，"根本没事。"然后我给他们看我拇指上的刀疤。"只有这个，"我说，"是他用小斧头割的——我们歃血为盟了。"

警察又摇起头来。"你知不知道你们惹出了什么麻烦？"他说，"这可不是好玩的，你要知道。"

最后警察离开了，站在门口和爸妈说话。警察说对艾斯丘无能为力，我听到他们说他们会继续注意艾斯丘。他们会找艾斯丘谈话，不过他肯定还是老样子。艾斯丘家的人嘛，都是冷血。他们太了解这一家人了，从很早很早以前。不过他们会继续盯着艾斯丘。

妈和爸回屋来，我们坐在一起，他们定定地看着我良久，仿佛再也不能忍受我失踪。我们相拥而泣，彼此承诺再也不让这类事情发生。接着我们谈到爷爷要回家了，我们开始准备迎接他。

我们清理我隔壁的房间,为他铺床,把床罩铺好。我们擦干净他的结婚照,把他的采矿灯擦得晶亮,在他的窗子上挂了一些锡箔装饰和小饰品。我们还找到一张与众不同的圣诞卡:一幅古老的画面,小孩子在结冰的河面上玩耍。在卡片上写上:欢迎回家。最后大家满怀爱心地签上各人的名字。

第二章　我们上报了

我、艾斯丘和爱莉上报了。一个记者曾找上门来，但是爸不让他进门。他当时还带了一个摄制组。爱莉自己给他送了一张她穿戏服的照片，并附上一封信，说她是我和艾斯丘的救命恩人，她可以告诉他们一个充满惊险刺激、勇气与魔法的故事。可是星期一报纸出来后，里面只有寥寥几句提到艾斯丘和我，至于爱莉则只字未提。**两少年在废弃的矿井中度过一夜后安然返家。**下面一行字写着：**这些死亡陷阱，何时才能永远封闭？**文中附了一张坑道入口被砖块封死的照片。另外还有一篇长文叙述古老矿井的危险，并宣布将发动新一波攻势，迫使当局封闭它们。

"按常理，"爱莉说，"如果他们觉得没面子，就不会去报导。"

不过记者倒是把她的照片登在了圣诞夜的地方版上：**爱莉·基南小姐，十三岁，圣托马斯圣诞节剧展的小明日**

之星。

她手上挥舞着报纸,冲到我家门口。"看到没?"她嚷嚷着,冲进厨房,把报纸摊在桌上,"他们连我的姓都拼错了!真把人气疯了!不但故事说得不完整,连我的角色也没能适当地介绍一下!小明日之星!他们以为我是谁?天杀的秀兰·邓波儿①?!天哪,基特!"

"爱莉!"说话的是我妈,她站在厨房门口。爱莉吸了一口气,咬着嘴唇。"对不起,沃森太太。"

妈点点头:"这才像样。"

"可是您看到没?"爱莉说,"连我的……"

"我知道这是谁!"爷爷从客厅嚷道。

爱莉探头,看见他坐在客厅,他的膝上盖着毛毯。

"沃森先生!"她说。

"啊,"他说,"就是你,你就是那坏丫头,是吧?"

"是呀!是,我是!""那就过来陪我喝杯茶,不要缠得那孩子和他母亲团团转!"

---

① 秀兰·邓波儿(Shirley Temple),美国著名童星。

第三章　爷爷回来啦

爷爷在圣诞节前夕的早上回到家。是爸开车去接他回来的。他穿着那件最好的、历史悠久的西装，肩上披着毯子，拄着拐杖，颤巍巍地走进花园。他的身体微微颤抖，眼中水汪汪的，喷出的鼻息立即形成一团雾气久久不散。他没有立刻进屋，而是转头望着背后的大门外。

我走到他身旁，挽着他的手。

"啊呀，基特，"他说，"回家真好。"爷爷靠在我身上，我们一同注视着荒原边上的河畔。雪地和河面在太阳的照耀下闪闪发光。微风拂过，瘦削的孩子在河边玩耍。

我忽然听到他叹息了一声。"这世界真是个奇妙的地方，"爷爷说，"我会永远记得它的。"

我含笑扶着他进屋。爷爷现在变得十分干瘪、瘦小，身体十分虚弱，外套松垮垮地挂在他身上。他面前放着一张圣诞节特别节目时间表。他小口啜着茶，小口吃

着圣诞蛋糕。一对唱诗班来访,他用颤抖的声音跟着唱起来:

> 严寒的冬季里寒风怒吼,
> 大地万物坚如铁、硬如石,
> 雪上加雪,雪上加雪,
> 在这严寒的冬季里,
> 很久很久以前……

妈和我陪着他,每次他望着我们,都好像得细细地回想一遍我们是谁,然后,他的眼神会逐渐清澈,并现出欢喜的笑容。他喝了一杯雪利酒就睡着了,头枕在椅背上,眼珠子在眼皮底下轻轻转动。

妈伸手轻抚他的头发。"可爱的老头。"
她悄声说。她又同样温柔地抚摸我的头发。
"在这里陪着他,基特。"她将电视机音量转小,走出客厅,继续为圣诞节做准备。

·旷野迷踪·

我坐在一旁,在记事本上飞快写下拉克的故事结局,就是我在矿井内说给艾斯丘听的那一部分。当我写完最后一个句子时,爷爷正好醒来,看着我。

"还好吧?"我轻声问。

他眯起眼睛,眨一眨,想看真切些,努力回想我是谁。

"是基特。"我说。

"是啊,当然。"我们同时微微一笑。

"又神游太虚了,是吧?"我说。

他闭上眼睛,又微笑了一下:"脑子里净是洞穴和坑道,老在里面迷路走不出来。"

我继续写故事。他一直看着我写,口中轻声唱着:"当我年轻力壮好儿郎……"

"我知道怎么一回事了。"他说。

"什么?"

"什么?你还不知道吗?那是你,不是吗?我、银孩儿和你,几天以前一起去的那坑道。对不对?"

"是的,爷爷,你说得对。"

他又开始唱歌。

"人的记忆真奇怪，"他说，"这阵子老是分不清什么是梦，什么是现实。"

他小口吃着圣诞蛋糕，一会儿又闭上眼睛，睡着了。

等到爱莉拿着报纸冲进来找我，他从客厅唤着我们。

"我知道这是谁来了！"

爱莉跟他一起喝茶、吃蛋糕，他笑着对她说："你就是那个把我太太整得要发狂的小家伙！"

"对！"她咯咯地笑，"对，沃森先生。"

"坏丫头，"他说，"可爱的坏丫头，唱个歌给我们听，甜心。"

她站在他面前，跳着、唱着，又抓起他的手跟着拍子舞动。后来他们一起合唱：

　　啊，孩子，拿起你的矿砂，
　　我来为你说个恐怖的故事；
　　啊，孩子，拿起你的矿砂，

·旷野迷踪·

我来为你说……

爱莉唱着唱着,声音越来越轻柔。她跪在地上,将爷爷的手轻轻放在他腿上,直到他闭上眼睛,含笑进入梦乡。

第四章　爷爷的最后一个圣诞节

圣诞节。我被一阵敲门声和爷爷小心说话的声音吵醒。时间还很早，天才刚破晓。我唤他进来，他穿着睡袍，含笑走到我床前。

"圣诞快乐，基特！"他说。

"圣诞快乐，爷爷！"

他作势叫我不要做声。"过来看。"他悄悄说。

"什么啊？"

"送你一些东西，过来看。轻一点，小心。"

我们溜进他的房间。他打开电灯，窗上的锡箔纸和圣诞装饰闪闪发亮。他给我一张白纸，上面用银红色的笔写着：

给基特：

圣诞快乐！

爱你的爷爷

·旷野迷踪·

"送给你的。"他说。

我看看四周,寻找礼物,却只看到他摆在架子上的纪念品、化石、小雕刻品、他的同事的旧照片、一只夹在衣橱门外的白衬衫袖口、躺在地板上的拖鞋、结婚照,还有他躺在床上留下的印子。

"送我什么?"我说。

他咧嘴一笑:"所有东西,全部送给你。"

我不知该说什么才好。

"少数几样东西还得用一阵子,"爷爷说,"不过将来这些都归你,留不留随你,这些全部都给你。"

当光线逐渐增强,照亮这些礼物时,我再一次环顾这个房间。爷爷的眼中闪着光。

"我最想送你的是这些东西的内涵,让这个世界充满活力的故事、回忆和梦想。"说着,他捏捏我的手臂。

我摸摸那些照片、木化石、衬衫袖口,能感觉到它们在伴随着爷爷的生命过程中所燃烧出的光和热,还有所有

那些与它们相联系的故事、回忆和梦想。

"你觉得怎么样？"他轻声说。

"好。"我抱住他，像在梦中的黑暗坑道里与他紧紧拥抱一样。"谢谢您，爷爷！"

他叹了口气。"总有一天，"他轻声说，"我会离开这个世界，这你是知道的，基特，但我会活在你心里，还有将来你的子孙们的心里。我们会永远活下去，你、我和所有死去的人与还没出生的人。"

四周的光线逐渐增强，这是爷爷的最后一个圣诞节。

圣诞清晨随着树下的礼物、薄荷派、香肠卷及雪利酒的一一出现而开始。爸的脚步有点不稳，穿着他的新格子衬衫，带着满身浓浓的胡须水味走来走去。妈戴起她银制的长耳环。CD音响大声唱出圣诞歌。屋子里十分温暖，充满蒸汽和香肠填火鸡、辣味布丁的香味。爱莉穿着红红绿绿的衣裳，发上沾着正在融化的雪花来到我家，她给我们每一个人都带了小礼物。她和爷爷合唱，吃树下的巧克力糖，连珠炮似的又说又笑，说她爱死了圣诞节。当她要回家时,我送她出门,与她一起站在围墙边,看着耳朵上戴着随身听的孩子们骑着新脚踏车和溜冰鞋玩耍。他们连跑带滑、兴高采烈地嬉笑着。

"我们住的这个地方,"她说,"真美,不是吗?"

"我以为你一心只想离开这儿呢。"

"我会,但不论我去哪里,我都会在心里念着它。"

她在我脸上亲了一下,脸一红。

"我很高兴你搬来石门,沃森先生。"她小声说,一溜烟跑开了。

快吃午饭时,艾斯丘来了。

他来敲门的时候,我正在摆刀、叉、葡萄酒杯、餐垫等餐具。

"我去开门。"妈说。

她开了门,却不跟艾斯丘说话。

我望过去,看见身材壮硕、黑头发、黑眼睛的艾斯丘站在门口。我赶紧走到门口,穿过妈身边站到台阶上。

"约翰。"我说。

随后我忍不住笑出来，因为他打开大衣，露出他包在怀中的妹妹。她头上套着毛茸茸的风帽，对着我们甜蜜地笑着。

妈的眼中本来有一丝疑虑甚至愤怒的神色，但一看到婴儿，她的眼神立即变得温柔起来。

"我来给你送东西的。"艾斯丘说。

他拿出一个信封交给我，我取出里面的卡片。卡片上画着荒原，荒原中央是一棵巨大的圣诞树，画面从树的上面俯瞰下去，可以看见一群孩子在树下玩耍。卡片上他只简单写了几个字：圣诞快乐！约翰·艾斯丘。

"你的妹妹很可爱。"妈说。

艾斯丘笑了，眼中有一种以往没有的愉悦。

"是啊，"他说，"她很棒。"

我看看妈。"进来吧。"我说。

约翰摇摇头，"得回去了，"他说，"我就是给你送卡片来的。"

"是啊，进来吧，"妈说，"小妹妹在外面待太久会冻坏的。"

艾斯丘腼腆地进了屋子，站在客厅，不自在地交替着移动双脚。爸走进客厅,打量着他。

"约翰是送这个来的。"我对爸说,给他看了看卡片。

艾斯丘看看圣诞树、电视机,还看了看正睡觉的爷爷。然后他把目光投向妈妈。

"对不起,给大家添麻烦了,沃森先生、沃森太太,"他说,"那种事情以后不会再发生了。"

"很好。"妈说。

"就是小孩子的游戏,"爸说,"小孩子的游戏,是吧?现在一切都过去了。"他伸手与艾斯丘握手。"圣诞快乐,约翰!"他说,"替我问候你的家人。"

"啊呀,"艾斯丘说道,"谢谢您,圣诞快乐!"他拉紧大衣盖住婴儿,仿佛准备离去。

"约翰·艾斯丘?"爷爷忽然睁开眼睛开口说。

"是他。"我说。

爷爷注视着他。

"啊呀,可不是,"他说,"我认识你的祖父,孩子,他是个勇敢的人!"

国际安徒生奖儿童小说

被捂起来的婴儿嘤嘤地抗议着。艾斯丘又打开大衣,她立即又咯咯地笑起来,爷爷高兴得喘了一口气。

"啵啰,"爷爷逗弄着她,"啵啰,小可爱。"

他笑着说:"给我们抱抱吧,可以吗?"

"是啊,"妈说,"让我们抱抱吧,约翰。"

艾斯丘解开小姑娘身上的背带,将她放在爷爷腿上。

爷爷抱着她,对她做鬼脸,跟着她一起咯咯笑。

"她叫什么名字?"他问。

"露西。"

"啵啰,小露西,啵啰,瘦娃娃。"

然后爷爷就不知道再说什么好了,大伙儿都站着看这爷俩兴高采烈地大眼对小眼。

妈碰碰约翰的手臂。

"你妈好吗?"她问。

"还好,就快好了。"

"以后要好好照顾她了,孩子。"

他点点头:"是的,我会的。"

· 旷野迷踪 ·

婴儿咯咯地笑。

"还是带她回家好了。"艾斯丘说。

他弯下身抱起她。

爷爷在婴儿脸上亲了一下。

"再见，小露西。"他轻声说。

艾斯丘拽好大衣，我送他出去。

"再见，基特。"他说。

"再见，约翰！圣诞快乐！"

回到屋子里，我们继续准备午餐，我点起桌上的蜡烛。爷爷睡睡醒醒。妈忽然看看我。

"嗯，"她说，"我们刚才的表现如何？"

我耸耸肩。

"他人不错，"我说，"他真的不错。"

这时，爸爸捧着热腾腾的火鸡进来了。

"来吧！"他说，"开始了！各位，圣诞快乐！"

爷爷一下子醒了过来。

"再见，"他说，"再见，可爱的露西。"

第五章 人类是微不足道的

爷爷在一月去世,那时雪已开始融化,荒原中积了一摊一摊的水,巷子里的残雪变成稀泥,雪花莲从花园和山楂树篱下冒出头来。开学了,多布斯又开始教授地球的运动,他说再过一百万年,我们现在看到的一切都势必会改变:没有石门,没有流动的河水,没有旷野,没有我们。

"地球的运动永远不会停歇,"他说,"大陆板块会漂移,地球表面会龟裂,地底会冒出大火,山会被移走,海有时会涨起来淹没大地,有时又会落下去变得很小,地球旋转的轴心是不断变化的,因而不是带给我们极热就是极冷,我们会被沙漠或冰帽掩盖,我们现在所能看到的一切将来都会发生翻天覆地、沧海桑田的变化。"

他微笑着说。

"人类是微不足道的,"他说,"那个叫时间的巨兽是我们最大的掠食者,任何人都不能幸免。"他又含笑说,"不过，这并不表示我们就不用写作业了。"

说完，他开始给我们发卷纸。

一个一年级学生忽然出现在门口。

"老师，对不起，"她害羞地说，"请克里斯托弗·沃森去办公室。"

妈在办公室等我，不用多说，我心里已经明白她为什么来找我。

爷爷被埋葬在圣托马斯教堂墓园奶奶的墓旁边，就是爷爷与奶奶的结婚照背景那个地方，有我名字的纪念碑就在附近。许多人来参加他的葬礼：他那些仍在世的矿工同仁、古老家族的后代们。爱莉站在我旁边，依然穿得红红绿绿，约翰·艾斯丘站得稍远，和他的父母在一起。许多人哭了，但后来大家开始回忆他生前事迹的时候，屋子里又充满了欢笑。

那天晚上，我躺在黑暗中，静听墙壁后的沉静。

"晚安，爷爷。"我喃喃地说。

我仿佛觉得他握住了我的手，说：

"晚安，孩子，晚安。"

第六章　和你爱的人永远在一起

约翰·艾斯丘复学了，校方允许他一周来两个下午上艺术课。他们说，如果他能不再撒野，就可以恢复全天上课。他为拉克的故事画的插图，校方把它们连同我的作品一起张贴在走廊上，这些插图画得非常漂亮、细腻，有在洞穴里的拉克全家、熊、冰天雪地的世界、拉克抱着裹熊皮的婴儿、拉克的母亲身披兽皮伸出双手迎接拉克等种种画面。本宁·布什说我的眼光真好，选他为我画插图。

"画得真好，"她说，"好像他真能看到所画的东西似的。它们和你的文字多么和谐，就好像一个故事的心脏和灵魂一样。"

"是的，"我回答，"就好像它们血肉相连。"

"是啊。"她说。

艾斯丘的父亲戒酒了，我们再也没看到他醉倒在小巷里。他驼着背，好像缩小了，但人们跟他说，假如他好好照顾自己，就有机会重新做人。他们位于巷子尽头的家，现在打扫得很整洁，窗帘拉开了，花园干干净净，婴儿抓着她母亲的手开始学步，也会坐在毛毯里和哥哥开心地笑。再过去是布满矿坑的山丘，山丘再过去就是荒野。人们已经清理了我们曾去过的矿坑，搭上新的支柱使它更安全。坑道地面的落石也已清除，里面加装了电灯，在入口处加装了铁门，门上贴着地图，还挂着介绍我们的故事的牌子。多布斯还带过学生下去上课，孩子们下去的时候戴着安全帽，咬着嘴唇，又兴奋又害怕。那里现在有一名老矿工负责守门，他打开门领着大家进去，解说过去历史的奇妙与危险，有时他突然关掉电灯，这时矿井内就会爆发出一阵尖叫。

我把爷爷的纪念品全部搬到我房间，坐在书桌前摩挲着它们，觉得它们蕴涵着无数有待挖掘的故事。我的朋友时常来访，我们总是一起去荒原散步，爱莉、艾斯丘和我走在前面，野狗杰克斯跟在后面。我们有时会听到孩子们窃窃私语，说我们就是那几个被误认为已经丧生的人。四

周的空地上总是有小孩子在玩耍，邻居们在散步。每当我们眯起眼睛、眨眨眼，就会看见到处都是从前在这里散步玩耍的人。天气晴朗的日子，当阳光在河面上跳舞，空气开始缥缈颤抖的时候，我也会看见爷爷和奶奶出现在我眼前。我就跟上去陪他们走一会儿。我也和我的朋友一起在河边散步。我知道，只要还有人看得见我们，我们就会永远一起在这里散步。